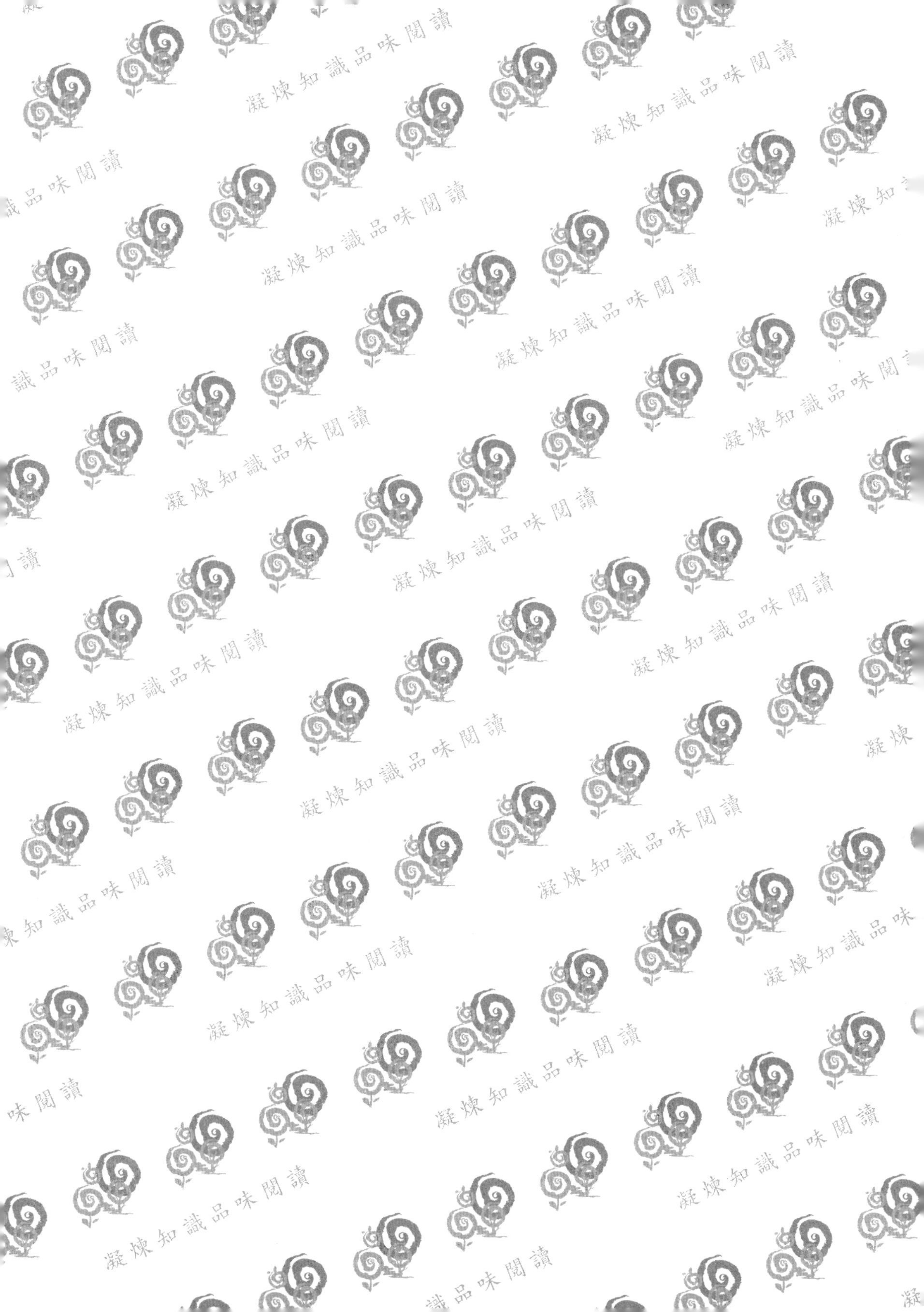

林明鋒★編繪

五南圖書出版公司 印行

作者簡介

林明鋒

專職漫畫家，擅長歷史人物繪圖，百分百的「三國控」，對三國歷史和人物性格相當著迷，多次繪著成書籍出版，腦海裡裝的是三國，心裡想的是三國，筆下化成文字是三國，揮灑成圖像的也是三國！三國裡的人物可以是英雄式的演出，可以是耍智謀的出招，也可以笑中帶淚的飆戲……這就是他眼中的三國魅力！

代表作品：《蜀雲藏龍記》、《雲州大儒俠》、《洪蝠齊天》、《笑三國》

得獎紀錄：

一九九二年東立出版社漫畫新人獎、一九九五年（84年度）國立編譯館優良漫畫獎：甲類佳作（蜀雲藏龍記的第三部）、二〇〇一年（90年度）國立編譯館優良漫畫獎：甲類佳作（雲州大儒俠史豔文），作品收藏在雲林偶戲博物館。

推荐序

那些狠角色們……

《三國演義》的作者羅貫中在這部大書的開場中，說出了一句透視中國歷史的話：「天下大勢，合久必分，分久必合。」此言之所以顛撲不破，其間最主要的原因在於中國社會對「人才」的渴求。每到政治瀕臨崩解的危急存亡之秋，總有非常之人挺身而出，以捨我其誰的精神撥亂反治。所謂「江山代有才人出」，短短一段不滿百年的三國時期，秀異人才輩出！諸葛亮、龐統在未出仕之前，已經名動天下！而曹操也對劉備直言：「天下英雄，唯使君與操耳。」

在三國分疆的時代，得人者昌。而這些一時之選的人傑，總是在不斷地對立衝突的軍事與外交情勢之下，彼此激發出了充滿智慧的韜略，諸葛亮曾讚賞曹操善用奇兵突襲，他打仗是以智取，諸葛亮本人則更是當世奇才！孔明之用兵，止如山，進退如風。這些互相敵對的人才，也都是可敬的對手！同時也在千百年以下讀者的心目中，留下了許許多多深刻雋永、幽默風趣的精彩片段。

《三國笑史》系列就是在這樣的基礎上，進一步揉合了經典文學與爆笑漫畫，那些充滿知性又兼具趣味的對白，再加上KUSO的繽紛插圖，使得沙場上馳騁驍勇的戰將們，個個轉身成為口語化的性格主角，將讀者帶進了輕鬆易懂的故事情境。從白馬將軍公孫瓚、聯軍盟主袁紹、一代影后貂蟬、賣鞋郎劉備……等等輪番上陣的三國名人背後，透視古人的文武裝扮、生活用品、科學技術，甚至於戀愛美學。我們在漫畫家林明鋒的筆下，穿越時空，一睹當時最夯的武器、最酷的盔甲、最賣的暢銷書、最拉風的跑車……。原來閱讀古典文學是這麼令人興奮的一件事！

理解三國時期各種人物的性格與命運時，同時也是一場非常有趣的心智冒險經歷！熱愛三國故事的人們絕不會忘了那些悲劇性的時刻：董卓殺少帝、屠百姓、盜墓燒城，喪心病狂！他死後屍體被用來燃燈照明，其棺木又遭雷電劈打！而袁紹在當上盟主之後，自大疑心、輕信讒言，與自家人爭奪不休，最後竟落得吐血身亡！老來出運的賣鞋郎劉備，為了替關羽和張飛報仇，竟一時之間感情用事，傾全國之兵討伐東吳，不僅血海深仇未報，反而被陸遜一把順風火，燒得全軍大敗！這都是我們現代人可引為警惕的事。

然而當我們想要融入這些具體情境的時候，地理方位和空間概念的建構，又成為我們最初的課題。這個部分《三國笑史》以生動有趣的漫畫，連環組成了一系列簡潔清晰的漫畫式地圖，讓我們毫無障礙地穿越時空回到古戰場，具體感受這些叱吒風雲的狠角色們，如何在幽州、冀州、并州、青州、徐州……之間，笑傲沙場，轉戰千里。

走過一段風雲變幻的歷史歲月，遙想當年那些蓋世英雄，每一個人都有屬於他自己的豪情壯舉，關公斬華雄、顏良，誅文醜，過五關斬六將，單刀赴會，水淹七軍……，卻也躲不過天生性格的弱點，麥城一敗，喪失了性命和自尊，歸根結柢還在於過度的自信與自矜。而周瑜的抗壓性弱，張飛的猛暴與固執，呂布善變，袁紹多疑，曹操輕敵……，閱讀這些精彩故事的時候，腦海中自然浮現出一幕幕生動的畫面和深刻的意象，那將使我們在經典中逐漸的潛移默化，知所警惕。於是我們將逐漸開啓智慧、激發腦力和創意，以吸取古人生命的熱力來點亮自己未來無限的光輝。

朱嘉雯

二〇一四年十二月十四日

諸葛孔明
我借來東風，助周瑜在赤壁施展火攻，打敗號稱百萬的曹軍，接著派出三路伏兵，在半路截擊曹操的退兵。
江夏
夏口
三江口
樊口
我利用蔣幹引龐統過江，獻連環計給曹操，再藉黃蓋詐降使用火攻，赤壁大戰時把用鐵環連鎖的千艘戰船燒得灰飛煙滅，一舉大敗曹軍。
趙雲
烏林
截擊
曹軍
赤壁
江東軍
火燒連環船
周瑜
江東

赤壁大戰火燒連環船地圖

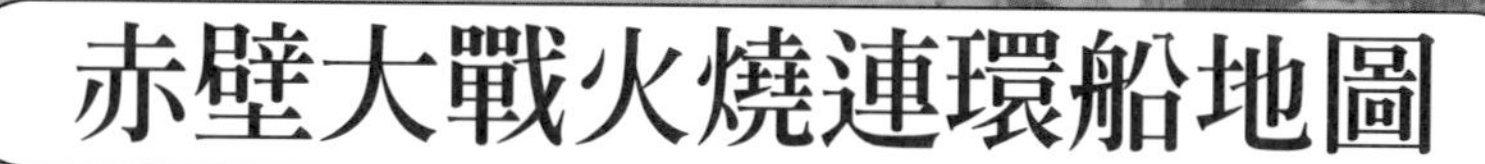

關羽
我奉軍師之命埋伏在華容道，準備捉拿敗逃的曹操，但曹操中埋伏時，我卻念及往日恩情，甘犯殺頭大罪，放他逃走。

荊州
南郡
江陵
華容道
漢水
葫蘆口
張飛
截擊
截擊
曹操敗逃南郡退兵路線
我在赤壁大敗，狼狽逃命時又被孔明安排的伏兵追殺，幸虧我低聲下氣向關羽討人情，因他心軟放我逃走，才僥倖保存性命。
曹操
長江
洞庭湖

三國人物點名

魯肅

協助孫權對抗曹操。《三國演義》裡魯肅被塑造成僅會傳話、比不上孔明聰明的小角色，其實他擅長軍事管理，是出色的戰略家。在他操盤下，孫權打贏赤壁之戰，鞏固江東政權，是一等一的角色。

黃蓋

本來是孫堅的部屬，繼而效命少主孫策、孫權。忠心耿耿的他，不惜與周瑜聯手，搏命演出「苦肉計」，甘願被痛打五十軍棍，以皮開肉綻換來曹操的信任。「周瑜打黃蓋」並非史實，但是劇情太受歡迎，黃蓋成了忠心老臣的最佳人選。

闞澤

出身貧寒的農家，靠苦讀成了大學者。闞（ㄎㄢˋ）澤的口才一流，連曹操都被唬得團團轉，相信黃蓋被毒打後，眞的甘心投降。他不僅是一流的軍師，也因爲滿肚子學問，日後孫權稱帝，授命擔任太子孫和的老師。

龐統

小說裡，是個長相不起眼的人，黝黑的臉孔配上朝天鼻，看起來像天生的「魯蛇」。依史實記載，龐統外表溫文儒雅，無奈爲了劇情需要，被羅貫中「醜化」了。劉備不知道他就是高人水鏡先生口中的「鳳雛」，以爲他是混水摸魚的小縣令，還好龐統遇到貴人，魯肅寫了推荐信，大誇他是人才，從此水漲船高，躍居明星級軍師。

徐庶

本名叫徐福，年輕時愛打抱不平，因無意中殺了人，遭官兵追捕。他在朋友的協助下改名徐庶，逃亡異鄉。徐庶經過這件事，決定改變自己的人生，脫離耍刀舞劍的生活，拜水鏡先生司馬徽爲師，苦讀兵書，成了精通兵法的謀士。

劉馥

東漢末年官員，見袁術大敗，極力說服袁術的部將投降曹軍，進而受到曹操重用。劉馥任揚州刺史，很愛護百姓，重視公共建設。他蓋學校、實施屯田政策、興建水壩、築堤防等等，是深得民心的好官吏。

周泰

東吳響叮噹的大將，早年當賊匪，後來效命孫策，跟隨他打天下。周泰非常的驍勇善戰，曾二次勇救年少的孫權。第一次，孫策率領人馬擊賊匪時，因遭突襲，他冒著危險救出孫權，以致身受重傷，留下十二處刀疤。第二次是在合淝之戰，從層層曹軍中救出孫權。

徐盛

早年跟隨孫策打天下，後來孫策病死，留下來爲孫權效命。有一年魏文帝曹丕攻打吳國，準備渡長江時，徐盛考量兵力不夠，不打算硬打，他派部下築假箭樓、在長江擺戰船，成功地嚇退敵兵。

丁奉

早先效忠孫策，後來受孫權招攬，與徐盛都留在江東。丁奉參與過數次大戰役，包括赤壁之戰、南郡之戰，以及劉備爲關羽報仇的彝陵之戰。當年徐盛築假城樓騙魏文帝曹丕時，他發揮同袍互助的精神，協力嚇阻敵兵。

文聘

本來是劉表的部將，負責鎮守北方。劉表死後，曹軍攻進荊州，他不肯隨著少主劉琮投降。曹操覺得他是忠心耿耿的人，不僅沒有下令斬首，還相當厚待。文聘在感動下招降，成了曹魏重要的武將。

程昱

本名叫程立，有一天夢見登上泰山，用雙手捧著太陽，曹操得知後，命他改爲程昱（ㄩˋ），符合夢境。程昱曾獻上「十面埋伏」計策，大敗袁紹。他除了精通兵法也相當有謀略，曾以假信騙來劉備的軍師徐庶，爲曹操效命。

郭嘉

曹營裡的紅牌謀士，他的眼光深遠，做事不急躁。當年劉備落魄投靠曹營時，僅有他勸曹操要伸出援手，藉機建立仁義形象，才能服民心，招攬天下人才。郭嘉因忙著軍事很少休息，以致過度勞累而死於征途，曹操傷心地痛哭流涕。

曹洪

曹操的堂弟，很會作戰也很愛錢。他曾二次救過曹操，一次是曹操被董卓部將追殺時，曹洪讓出馬匹，助曹操騎馬逃走；多年後，曹操征討西涼時，被蜀漢大將馬超追著跑，幸好曹洪及時趕到。曹洪生性吝嗇，不肯借絹布、錢給侄子曹丕，以致日後招來殺身之禍。

曹仁

曹操的堂弟，與曹洪是表兄弟，年少時響應討伐董卓，號召一群人加入軍隊。他曾布局「八門金鎖陣」攻打劉備，可惜被謀士徐庶破解。曹仁年輕時常惹事生非，當上大將軍後，行爲一百八十度大改變，隨身攜帶紀律條文，提醒自己不能犯規。

趙範

桂陽太守，與攻城的趙子龍同姓、同鄉又同年出生，二人一見如故。趙範見趙子龍高大英俊，年輕有爲，便積極地撮合他娶守寡的嫂嫂樊氏，不料引起趙子龍反感，鬧得不愉快。趙範因當不成親家，惱羞成怒，派屬下襲擊，卻被打得落荒而逃。

黃忠

早年是劉表的部屬，劉表病死後，他駐守長沙，是太守韓玄的麾（ㄏㄨㄟ）下。赤壁大戰結束，關羽奉命攻打長沙，他投降成了劉備軍。黃忠打起戰來像拚命三郎，有一年他打敗曹軍大將夏侯淵，立下大功，被封爲「後將軍」，是蜀漢五大虎將之一。

我走了，你成了唯一紅牌。

別這麼說，將來還會來個龐統。

嗨，我們是龍鳳配！嘿～

趕稿好辛苦，請多捧場！
太精彩了！第8冊何時出版？
拖稿對不起粉絲
準時交稿
截稿日倒數

三國笑史

1 箭雨中險借十萬枝箭

四更時分，江面起大霧。孔明與魯肅領著二十艘船駛向曹軍大營。

大霧中敵軍必有埋伏，不可近戰，命弓弩手以亂箭抗敵。
大霧中，曹軍見江面上二十艘排成陣式的船影，以為江東大軍來襲，立刻回報曹操。

一時，曹軍萬箭齊發，鋪天蓋地射向二十艘船。
咻！

啪！
啪！
啪！

你瘋啦！想死也別拉著我一起死啊！

啪！

啪！

別怕，曹軍只敢射箭，不會派水軍殺過來。

曹軍如果射火油箭燒船怎麼辦？

人家沒想到這個耶！
孔明以「草船借箭」之計完成周瑜的要求，一夜之間，交齊十萬支箭。

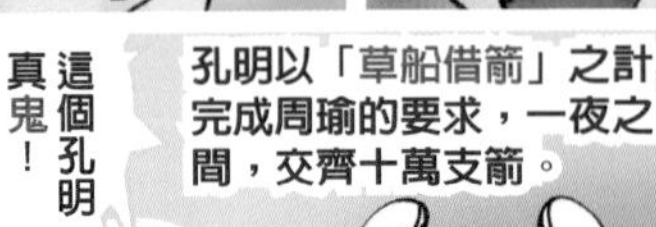
這個孔明真鬼！

粉墨登場　江東謀臣魯肅

知名的戰略家，協助孫權對抗曹操。《三國演義》裡魯肅被塑造成比不上孔明聰明的好好先生，乍看下像是僅會傳話的配角，其實他擅長軍事管理、作戰策略。在他操盤下，孫權以少勝多，打贏赤壁之戰，鞏固江東政權，進而稱王稱帝，是厲害的角色。

奇怪！我這麼優，爲什麼《三國笑史》的封面主角沒有我？

語文學堂

- 四更：凌晨一點至三點。
- 陣式：隊伍排列的方式。
- 鋪天蓋地：形容事物來勢猛烈，聲勢盛大。
- 鬼：民間習俗指人死後的魂魄。此形容人很機靈，有謀算。

三國故事開麥拉

時值晚秋入冬，半夜孔明邀魯肅去取十萬枝箭。到了江邊，二人上船，孔明命士兵把二十艘船用繩索連成一串，朝北岸駛去。

夜晚大霧瀰漫，當船抵近曹軍水寨，孔明下令把所有船轉成頭朝西尾向東，一字排開，命士兵擊鼓，「鼕鼕鼕……」。

魯肅嚇得臉色發白，孔明卻說只管飲酒聊天，等霧散就走。

水軍都督毛玠、于禁奔回飛報。曹操不敢貿然出兵，下令數千名弓弩手齊發飛箭，頓時箭雨紛紛。孔明見狀，下令讓船隻調頭，擊鼓吶喊，又是箭雨如下。等天空露出魚肚白，霧散了，才急令速回，讓所有軍士高喊：「謝丞相箭！」

周瑜聽說「草船借箭」一事，嘆氣的說孔明神機算妙，自己不如他。

孔明，十萬枝箭的費用記得匯入帳户，恕不打折。

感恩，向周瑜收帳。

周瑜收到鉅額帳單，氣爆！

穿越時空

草船借箭，孔明搶了風采！

「草船借箭」，男主角孔明成了眾人膜拜的男神，千年來搶盡鋒頭。然而，歷史眞相卻戳破一切，眞正想出「借箭」好點子的是江東老大孫權。

那年曹操率軍攻打江東，與孫權在濡江口（濡，音ㄌㄨㄢˊ。位今河北灤河）對峙，曹軍採堅守不出的攻勢。孫權想打聽敵方水軍如何部署，便冒險乘著船，偷偷察看曹軍水寨。曹軍發現江東船隻來探虛實，水軍都督下令射箭，箭雨紛飛，枝枝落在孫權的船上。

孫權見朝向曹營的船身，因落箭太多愈來愈傾斜，急中生智，下令掉轉船頭，讓另一邊也受箭。等兩邊中箭的數量差不多，船隻不再傾斜，才急速返回。

這段史實被羅貫中借用，男主角換成帥氣的孔明，孫權連個鏡頭也沒有。

孔明耍帥草船借箭
粉絲瘋狂迎接英雄

沒人採訪，我自個兒PO照片、LINE媒體，過乾癮！

2 黃蓋挨打，心甘情願！

曹操命蔡瑁之弟蔡和、蔡中二人到江東詐降當內鬼，周瑜心裡有數，卻不拆穿，打算將計就計，整整曹操。
我會助你二人報曹操殺兄之仇，你們先與甘寧一起共事。
蔡和
蔡中

蔡和、蔡中恐怕是來詐降，都督不可不防。
黃蓋
我早知二人詐降，只恨有人肯為曹賊賣命使詐降計，我卻無人可用。

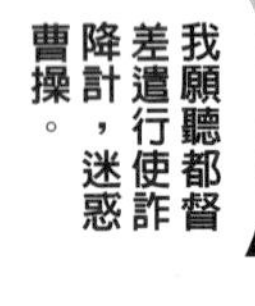
我願聽都督差遣行使詐降計，迷惑曹操。

隔天，黃蓋故意在眾人面前頂撞周瑜，因此被拉出帳外痛打五十軍棍，打得背脊血肉模糊，慘不忍睹。
啊！

黃蓋從此必恨透周瑜，我們可以策反他降曹。

孔明私下對魯肅說……
血漿用太多了，這苦肉計看來演得有點假。

粉墨登場　江東老臣黃蓋

也叫黃公覆，早年跟隨孫堅打天下，繼而效命少主孫策、孫權，忠心耿耿。當曹操將矛頭指向江東時，他不惜以自己爲釣餌，搏命演出「苦肉計」，以皮開肉綻的重懲換來曹操的信任，赤壁之戰，江東大勝，黃蓋功不可沒。因爲「周瑜打黃蓋」的劇情太受歡迎，一直到現今，黃蓋都是「三國粉絲」們喜愛的正派角色。

語文學堂

- 差遣：派遣、分派人到外面去辦事。
- 慘不忍睹：悲慘得讓人不忍心看。形容極悲慘。

三國故事開麥拉

曹操平白被騙了箭，又氣又惱，在謀士荀攸獻計下，派蔡瑁的弟弟蔡中、蔡和過江，假說不滿蔡瑁被處死，想投降。

二人來到江東營帳，向周瑜痛哭跪拜，周瑜明白二人是詐降，並不戳破，反而留他們在營中效命。

當夜，周瑜和老將黃蓋約定好，合演一齣「苦肉計」。第二天，黃蓋故意嗆聲，說周瑜計畫三個月內攻下曹軍，是痴人作夢，敵軍兵馬強大，三十個月也打不下來，不如投降。結果被痛打了五十軍棍。

孔明知道二人演雙簧，也不說情，僅吩咐魯肅別透露他看出眞相。

事後，周瑜找來魯肅，問大家對此事的反應。魯肅說人人感到很不安，連孔明也埋怨都督對老將下手太狠，太無情！

周瑜無情痛毆老將黃蓋
江東政局揚起洶湧波濤

周瑜下手太狠，我再不走，將來會被打死！
我被騙怕了，這新聞是眞的還假的？

穿越時空

隋煬帝楊廣也用苦肉計

苦肉計，要演得夠虐心才有效！東漢末年黃蓋演出苦肉計，騙倒曹操；到了隋朝，隋文帝的次子楊廣也施展苦肉計爲自己翻盤，屬高層次升級版。

楊廣爲了搶奪太子之位，將自己塑造成重仁孝、儉樸、不好女色的人，迎合父皇和母后的喜愛。他明明好色，卻守著長相平庸的蕭妃，因爲老婆是獨孤皇后挑選出來，不能拒絕。他私下與美女交往，飲酒作樂卻隱瞞得天衣無縫。

楊堅見次子楊廣爲人謙和又勤儉，相反的太子楊勇重排場、貪享受、妃子一籮筐，加上獨孤皇后也不滿意，以及有心人挑撥是非，便改立楊廣爲太子。

其實楊廣是個心狠手辣的僞君子，他當上太子後，便逐漸露出本色，一一除去兄長和弟弟，等年老的隋文帝知道眞相後，已經來不及！

咦，那二個乞丐是來打工的嗎？
演得好！待會兒有重賞。
那二人是勤樸的皇子楊廣和蕭妃，天天來當義工。

隋文帝和獨孤皇后

三國笑史

3 烏龍特派員蔣幹再過江

闞澤
黃蓋寫了降書派闞澤過江到曹營詐降。

曹操不知黃蓋是否真心投降，正猶豫時，接到蔡中與蔡和寫的密信，信中說明周瑜打黃蓋之事，曹操信了五成，但仍懷疑。
我願再過江，探明黃蓋投降的虛實。

蔣幹過江被軍士捉住，帶到周瑜大帳。
周瑜假裝生氣大罵說……
蔣幹，你盜我密信，讓曹操殺了蔡瑁、張允，壞我大事。
本該殺你，但念在你我往日情份，先軟禁你，等我打敗曹賊後再放了你。

蔣幹被強送到西山的尼姑庵裡軟禁看管。

哈哈哈，我在那裡埋下一條讓曹操自取滅亡的連環計，正好利用蔣幹為我獻計。

你說得這麼大聲，全地球的人都聽到了！

粉墨登場　吳國幕僚闞（ㄎㄢˋ）澤

農家出身，靠著苦讀成爲東漢末年知名的學者，早年效命孫策，是口才一流的幕僚。孫策病死後，輔助孫權鞏固江東政權。小說裡，他協助黃蓋施展「苦肉計」，先騙倒內鬼蔡中、蔡和二兄弟，繼而騙得曹操團團轉。孫權稱帝後，闞澤擔任太子孫和的老師。他死後，孫權悲慟得吃不下飯。

語文學堂

- 虛實：虛和實。泛指內部情況。
- 軟禁：不關進牢獄但不許自由行動。

三國故事開麥拉

幕僚闞澤來探望黃蓋，表示知道這一切是苦肉計，願意到曹營獻上詐降書，助黃蓋完成心願。當夜，闞澤扮成漁翁，冒險過江，向曹操獻上投降書。

不料，被曹操打臉，認定是詐降。闞澤不驚不慌，反譏笑曹操是不學無術的廢材，並分析黃蓋絕無詐降的道理。「先生分析得對極了！」曹操忙賠禮，並擺酒款待。二人正喝著，屬下送來蔡中、蔡和的書信，證明黃蓋是眞降。

曹操大喜，讓闞澤先回江東，與黃蓋約定，一旦稍來消息，即刻派兵接應。闞澤回去後，又找甘寧配合，騙倒蔡中、蔡和，二人寫信密報甘寧也要投降。

曹操半信半疑，蔣幹表示願前往江東再探虛實，卻被周瑜軟禁在尼姑庵。

敬愛的曹丞相：
我是黃蓋，被周瑜毒打五十軍棍，懷恨在心，想投降。丞相願意接受我嗎？我不計較月薪，也不用員工福利和退休金。
一年三百六十五天願意天天加班，不領加班費。

崇拜丞相的黃蓋親筆

穿越時空

關於「偷」的烏龍故事

東漢末年曹營的烏龍特派員蔣幹「偷」了一封僞信，鬧出大笑話，千年來被列入最爆笑的「偷竊」事件之一。

時空移轉到西漢，富商卓王孫在家裡宴請縣官王吉和大才子司馬相如。卓王孫仰慕司馬相如的琴藝，要求他當場表演。卓王孫有個漂亮的女兒叫卓文君，剛守寡回娘家居住，她向來愛慕司馬相如，人帥又有才藝，便躲在帘子後面「偷聽」。

其實，司馬相如知道卓文君「偷聽」，故意彈幾首情歌表達心意。一個「偷聽」，一個「偷心」，宴會結束後，二人便偷偷地雙宿雙飛。

蔣幹「偷信」捅出二條人命；卓文君「偷聽」、司馬相如「偷心」，卻成了「家徒四壁」的男女主角。「偷」的內容不同，卻同樣很烏龍！

偷心的人痴痴等待……，要不要今夜跟隨我到天涯海角……。
我願意！願意！
司馬相如是「家徒四壁」的男主角，比我還遜！

三國笑史

4 鳳雛龐統獻連環計

軟禁在尼姑庵裡的蔣幹巧遇「鳳雛」龐統，兩人相談甚歡，一見如故。
先生怎能僻居此處，埋沒大才？
龐統
我願當介紹人引荐你投歸曹丞相。
我正有投曹之意，
事不宜遲，我們連夜逃走吧！

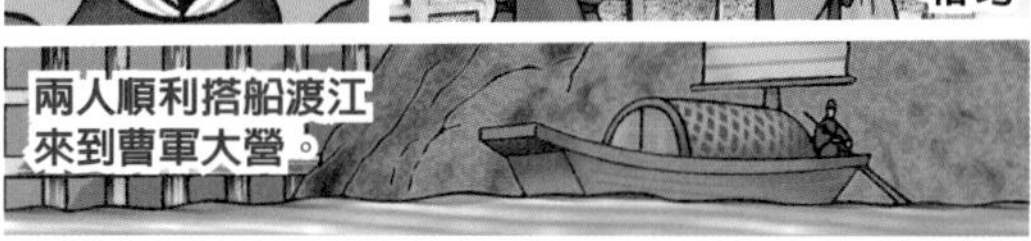
兩人順利搭船渡江來到曹軍大營。

鳳雛先生，可有讓我打敗周瑜的好計策？
我願獻上連環計。
願聞其詳。

丞相的軍隊多為北方人，不習慣坐船水戰，所以容易水土不服而生病。
如果能用鐵環將船隻全串聯鎖在一起，上鋪闊板，如履平地，大軍直下江東，定當戰無不勝。

妙計啊！

我打算為獨家設計申請專利，以後還能起降飛機，就叫航空母艦。

粉墨登場　其貌不揚的龐統

名士龐德公的外甥，早年拜水鏡先生司馬徽爲師，與徐庶、諸葛亮是同學，「臥龍」、「鳳雛」的外號就是龐德公取的。《三國演義》裡，他假意爲曹操獻上「連環計」，騙曹操下令把船首和船尾全部用鐵鏈連鎖，爲周瑜的火攻計畫埋下引線，其實都是虛構的劇情。正史上，龐統因爲長相醜陋，起初不被劉備重用，後來才翻盤成爲超級謀士。

語文學堂

- 一見如故：彼此初次見面，性情就很合得來，像老朋友一樣聊得很愉快。也說一見如舊。
- 願聞其詳：表示樂意聽細節。詳：詳細的情形、經過。

三國故事開麥拉

夜空繁星點點，被軟禁在尼姑庵的蔣幹坐立難安。他來到附近散心，竟在草屋裡巧遇鳳雛龐統。一問才知龐統氣憤周瑜容不下人，所以隱居在此。

蔣幹喜出望外，說：「先生是高人，不如效命曹丞相，一定受重用。」

龐統正有此意，建議連夜逃走。

曹操見了傳聞中的鳳雛龐統，高興地陪他參觀曹軍水寨、旱寨的陣容，請教如何扳回局面。

龐統聽聞水軍常有人病死，認爲是北方軍在船上容易因顛簸暈船，造成水土不服。只要用鐵鏈連鎖船隻，上面鋪寬木板，如此一來，風浪再大也不怕暈船。

曹操大喜，連連道謝。龐統表示僅個人淺見，要由丞相拿主意才行。

二人來到曹營，被狼犬狂追。

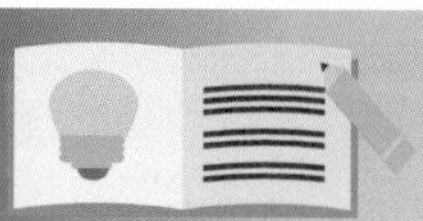

穿越時空

龐統小故事

龐統，有個聽起來很文青風又神祕的外號，叫「鳳雛」，與「臥龍」諸葛孔明是東漢末年響叮噹的「龍鳳二人組」，劉備擁有他們，堪稱是「龍鳳奇緣」。

龐統，雖然才情與孔明齊鼓相當，老天爺卻給了他一張「抱歉」的臉，面貌黝黑、眉毛粗濃，配上驚人的朝天鼻，留著不起眼的短髭（ㄗ）。魯肅很識貨，把他推荐給孫權，卻因龐統不上相，以及孫權個人想法，沒有留下他。

魯肅不死心，寫了推荐信，請他投效劉備。劉備敷衍地塞個耒陽令給他，惹毛了龐統，故意整天打混，吃喝玩樂。

劉備很不滿，派張飛和謀士孫乾去了解實情，發現龐統判案能力一流。後來，龐統拿出推荐信，劉備才知道自己看走眼，開始重用龐統。

三國笑史

5 曹操中計了

曹操依龐統之計，用鎖鍊串聯了所有的戰船，果然效果良好，士兵不再因風浪搖晃而暈船，確保曹軍戰力保持旺盛狀態。

龐統獻了一條讓我致勝的絕妙好計。
曹操得意忘形，渾然不知已中了周瑜設下的毒計。

龐統坐在回江東的船上……

我為周瑜獻上連環計給曹操，如今大功告成。

太好了！曹操中了我的連環計，哈哈哈！
又來了，你該吃藥了！

粉墨登場　年少輕狂的徐庶

本名叫徐福，清寒人家子弟，年輕時愛逞凶鬥狠，因犯罪被官兵追捕。死裡逃生的他，從此發憤苦讀，拜水鏡先生司馬徽爲師，與龐統、孔明是同學。徐庶熟讀兵書，精通兵法，效命劉備時，曾破解曹營大將曹仁的「八門金鎖陣」，聲名大噪。小說裡，他因母親被曹軍擄走，不得已之下被迫投效曹操；雖然識破龐統的「連環計」，卻隱瞞實情，導致曹軍大敗。

我出身清寒，但靠著自己的努力翻轉人生。

- 串聯：把幾個物件聯接起來。此指將大小尺寸相當的船隻鎖成一串。
- 渾然：完全。

三國故事開麥拉

曹操採用龐統的「連環計」，即刻傳令連夜打造連環大釘，鎖住各船隻。

正當曹軍氣勢旺盛，龐統表示江東豪傑都怨周瑜無情，自己願去說服他們投降，一旦周瑜被孤立，劉備也沒戲唱了。

這番話正中曹操心坎。事不宜遲，龐統火速前往江東，正上船時被人一把抓住，原來是徐庶。「好哇！你和黃蓋、闞澤都同夥的，才騙不了我。」

「你千萬別戳破我的計策！」龐統悄聲地說。徐庶答應，但要求龐統想脫身之計，他因母親死了，不想留在曹營。

第二天，各寨紛紛謠傳西涼馬騰、韓遂要進攻許都。曹操問誰可退叛賊，徐庶表示願意帶人馬去平亂，曹操同意，下令他連夜出發，卻給了徐庶脫身機會。

龐統悄悄渡船

徐庶一把抓住龐統

小龐，記～得～我嗎？

嚇死人，農曆七月都過了，你幹麼這身打扮？

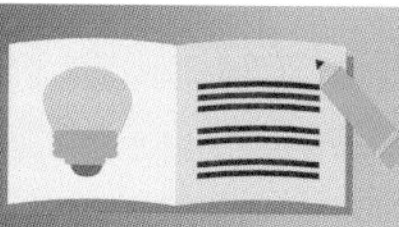

穿越時空

千年前的超級謀士

千年前有紅到翻天的超級謀士：徐庶、孔明、龐統，都是水鏡先生司馬徽的愛徒。徐庶是出了名的孝子；孔明又帥又有才氣，名士龐德公替他取了個外號叫「臥龍」；外甥龐統則叫「鳳雛」，三人先後效命劉備，可惜合作「檔期」兜不攏，走了徐庶，留下孔明；來了龐統，卻年紀輕輕就死了。

這三人都非出身富貴人家，徐庶跟著寡母生活；孔明是孤兒，由叔叔養大；龐統長得醜，小時候有些魯鈍，幸好叔父龐德公看重他，才沒被埋沒天分。

三人因精熟兵法，加上環境需要他們，所以躍升為超級謀士，各自施展破敵奇計。孔明有合兵破曹、草船借箭、空城計……；龐統有膾炙人口的連環計；徐庶則大破八門金鎖陣。雖然有些是虛構的劇情，但三人堪稱為三國時代的奇葩。

奇葩謀士群組

我走了，你成了唯一紅牌。

別這麼說，將來還會來個龐統。

嗨，我們是龍鳳配！嘿～

我也挺厲害，可不可以加入群組？

三國笑史

6 這個梟雄愛作詩

龐統獻連環計後，曹操自覺穩操勝算，更加志得意滿，大擺宴席與群臣共飲。

席間，曹操詩興大發唱道……
對酒當歌，人生幾何？
譬如朝露，去日苦多。
慨當以慷，憂思難忘。
何以解憂？惟有杜康。
青青子衿，悠悠我心。
呦呦鹿鳴，食野之苹。
我有嘉賓，鼓瑟吹笙。
皎皎如月，何時可輟？
憂從中來，不可斷絕。
越陌度阡，枉用相存。
契闊談讌，心念舊恩。
月明星稀，烏鵲南飛。
繞樹三匝，無枝可依。
山不厭高，水不厭深。
周公吐哺，天下歸心。

丞相萬歲！
正當眾人興高采烈歡笑時，不長心眼的揚州刺史劉馥，進言說……
劉馥
丞相作這首詩，太不吉利了。
哪裡不吉利？

烏鵲南飛，無枝可依。豈不是說大軍南征不利之意？太不吉利了。
醉酒的曹操感覺被澆冷水，一氣舉槊刺死劉馥，群臣驚駭，嚇得臉色發白。
你竟敢胡言，亂我軍心，該死！
你懂不懂詩啊？我容不得人批評。

劉馥死得冤啊！
怪他太白目了，說話也不看場合。
唉！要說不吉利，劉馥他官拜刺史，果真被刺死了。

粉墨登場　揚州刺史劉馥

官渡之戰時，被朝廷派往揚州任刺史。劉馥一上任，先安撫民心，讓流失的人口陸續返回居住；幾年後，又興建公共建設，包括：蓋學校、實施屯田政策，利用戍邊的士兵和召募農民墾荒種地、興建水壩、築堤防等等。小說裡，他因惹曹操生氣而遭刺死，是杜撰的劇情。

語文學堂

- 心眼：計謀、深藏的心思。
- 烏鵲：喜鵲，羽毛大部分爲黑色，有光澤，肩和腹部白色，尾巴長。
- 槊：音ㄕㄨㄛˋ，古代的一種兵器，即長矛。

三國故事開麥拉

某天冬夜，月色如水，曹操滿心歡喜，在船上宴請文武官員。曹操喝著美酒，時而感嘆江東未征服，時而大罵周瑜、劉備、孔明不自量力，像螞蟻搖泰山，不是他的對手。

月光下，眾人正喝得起興，忽然傳來烏鴉叫聲，飛向南方。曹操問：「烏鴉爲什麼鳴叫？」有臣子打趣地說：「因爲烏鴉以爲天亮了！」

此時曹操喝得大醉，拿著長矛，站在船頭，高唱〈短歌行〉。唱罷，劉馥站起來表示「月明星稀，烏鵲南飛，繞樹三匝，無枝可依」這幾句不吉利。

曹操大怒，氣劉馥太掃興，火冒三丈地舉起長矛刺死他。

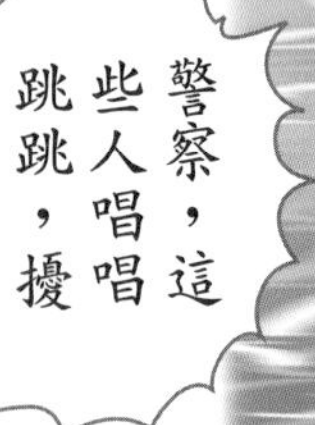

穿越時空

廢物利用，這二位刺史有一套！

東漢劉馥和東晉陶侃都曾任刺史，也擅長廢物利用。

劉馥曾交代屬下用魚膏製成大量燃料；以及用寬闊的棕櫚葉和草編織成草苫（ㄕㄢ），用來蓋東西。有一年，下起連日大雨，城牆快塌了，士兵用以前編好的大量草席蓋著城牆，防止被雨水沖垮；晚上則點燃魚膏照明，觀察敵軍行動。

陶侃任荊州刺史時，有一年作戰需要造大批船，他去現場看到地上有許多削下來的竹頭和木屑，便下令士兵全部堆起來備用。竹頭削成竹釘，代替鐵釘，戰船才順利建造完成；木屑鋪在雪融的地面，既防滑又能避免泥濘不堪，一舉兩用。

廢物利用達人PK賽
陶侃
劉馥
我利用魚脂肪和棕櫚葉創造出奇蹟，完全天然的。
我利用竹頭和木屑創造出無限商機，還可以外銷。

當然是我的部屬贏，你們有意見嗎？

7 周瑜吐血

周瑜與諸將在山頂遠眺曹軍水寨的軍船陣容。

各位可知該用什麼計策破曹操大軍？
眾將面面相覷，不知該如何作答。
周泰
曹營水軍的戰船用鐵環連鎖，迎面而來，勢不可擋，真不知該如何應戰。

還不簡單，只要一把火，就能燒得灰飛煙滅。
火攻需藉風力，時令正值隆冬，只吹西風北風，沒有東風南風，
我軍位處南岸，若是用火攻，豈不是放火燒自己？

放火燒自己，
放火燒自己……。
周
周瑜一聽收斂笑容，接著臉色發白，睜著銅鈴大眼，良久說不出話。

啊！

快打119叫救護車！

粉墨登場　疤痕紋身的大將周泰

本來是山賊，後來效命孫策，非常的驍勇善戰。有一年，他跟著孫策等人討伐山賊，不料被突擊，情勢危急，周泰拚命保護孫權，以致受重傷，全身留下刀疤。後來在合淝之戰，周泰又奮勇救出孫權和同袍余盛，孫權很感動，將自己常用的青絹傘賞賜給他。

我洗手革新後，成功地翻轉人生，立下不少大功。

語文學堂

- 水寨：建築在水邊用來防守的柵欄或圍牆。
- 面面相覷：形容因爲驚嚇或無奈，互相看著對方，一句話也說不出來。
- 灰飛煙滅：比喻人死去或事物迅速消失。

三國故事開麥拉

曹操酒醉誤殺大臣後，氣氛低迷，人人不敢多嘴。隔天，水軍都督毛玠、于禁來報，表示全部的船都用鐵鏈鎖好了，隨時可以發動攻擊。

「辦得好！」曹操來到船上，見軍旗整齊一致，非常高興。

參謀程昱擔心萬一敵方採火攻，勢必難以逃生。曹操大笑，「他們位在東南，現在是冬天吹西北風，周瑜若放火，反而會燒到自己的軍隊。」

次日，周瑜見大風吹斷曹軍的大旗，落入江中，忍不住地大笑起來。

突然，一陣風吹來，周瑜被旗角拂過臉龐，他好像想到什麼，瞬間臉色慘白，大叫一聲，吐血倒地，昏死過去。

美周郎放火燒戰船
反被火噬燒毀帥臉

穿越時空

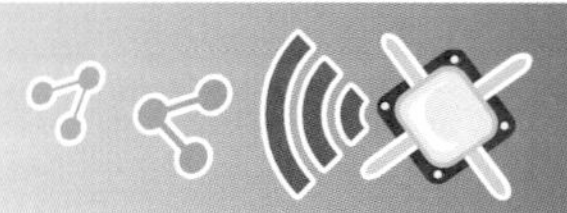

傘的小故事

東漢末年，東吳大將周泰冒死救孫權，論功行賞時，孫權將自己外出時的儀仗御用品——青絹傘賞給他。

古時候帝王出巡時，乘坐的馬車都要撐傘。為什麼呢？相傳當年黃帝攻打蚩尤時，下令在戰車上架著像傘形的遮蔽物，叫「華蓋」，用來擋風沙、陽光，好觀察敵人動向。黃帝打贏後，人們認為華蓋是吉祥物，有庇護的法力。

從此，皇帝、大官出巡時，轎子或馬車都撐著華蓋，寓意他們是庇護百姓的人，也叫「萬民傘」。

平民百姓也用傘，還將傘塑造成「媒人」，像〈白蛇傳〉裡，許仙借傘給白蛇和青蛇化身的美女，進而發展出動人故事。

杭州西湖下大雨，白蛇白素貞和青蛇小青全身淋溼，巧遇許仙。
二位……娘子，這把油紙傘……借你們。

這把傘破了好多洞，怎麼用？
將就一下，否則戲演不下去啦！

三國笑史

8 火攻欠東風

魯肅陪孔明來探周瑜的病。
公瑾，你的病我倒有一帖藥方可治。

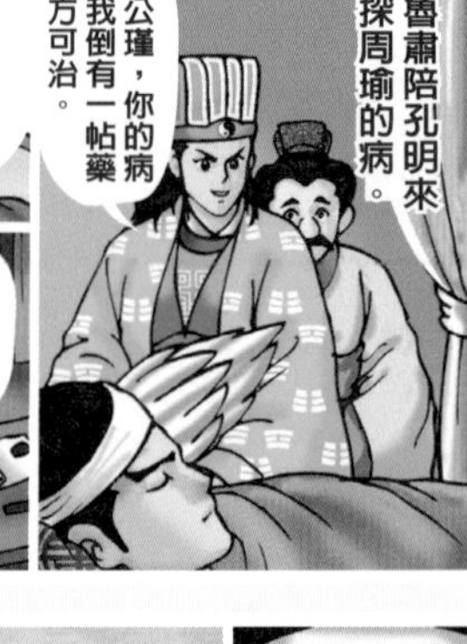

有勞先生開藥方。
請過目。

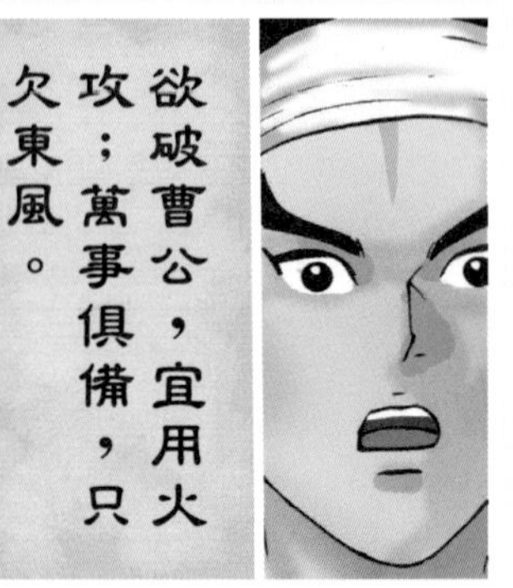
欲破曹公，宜用火攻；萬事俱備，只欠東風。

先生真是神人，軍情緊急，若有破解之法，還請賜教。

在下曾遇異人傳授奇門遁甲天書，可以呼風喚雨。
我願設壇作法為都督向老天借來三日三夜東南大風。

別說三日三夜，
只需借一夜大風，大事就可成了。

喂！氣象局，十一月二十日，颳什麼風啊？

粉墨登場　會法術的異人

異人，指懂奇門遁甲或能煉仙丹的人。奇門遁甲，又稱「帝王之學」，厲害的軍師才懂這種術數，進而巧妙地運用在率領軍隊、部署陣勢方面。相傳遠古時代的黃帝打敗蚩尤、周朝姜太公伐紂王、西漢黃石公傳授張良兵法，助劉邦爭天下、孔明高深莫測的八陣圖，都是運用「奇門遁甲」，才獲得大勝。擅長「奇門遁甲」的被視爲異人、高人，相當受帝王信服。

語文學堂

- 帖：音ㄊㄧㄝˇ，計算藥劑的量詞。
- 呼風喚雨：本指神仙道士等能用法力喚來風雨。後比喻用厲害手段造成某種局面或擁有了不起的本領。

三國故事開麥拉

周瑜吐血後，整天無精打采，魯肅找孔明想法子。「我有一帖藥能治好都督的病。」孔明說得好有把握。

「眞的？」魯肅大喜，立刻和孔明前往營帳。

孔明請安後，表示這病得先讓氣順暢，才能痊癒。「哦，那應該服什麼藥？」周瑜沒好氣地問。

孔明拿來紙筆，在紙上寫下：「欲破曹公，宜用火攻，萬事俱備，只欠東風。」周瑜一看，急忙請教妙方。

孔明說要在七星壇上作法，向老天爺借三天三夜東南大風，助火燒曹船。周瑜聽了，病情好了一大半，交代孔明即刻進行。

借風簡冊

免押金免保人恕不賒欠
供應商 孔明

借東西南北風	各十萬兩
借威風	買一送一
借傷風	缺貨
借偏頭風	斷貨不再供應

都督，這是「借風簡冊」，上面有價目表，參考看看！

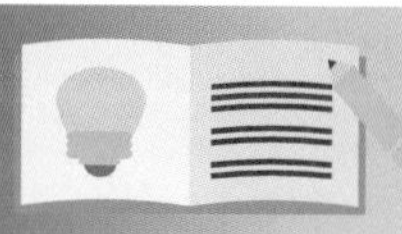

穿越時空

拍案叫絕的逃脫術

歷史故事中最廣爲人知的逃脫術，首推齊國的孟嘗君，他與眾食客被秦昭王軟禁，後靠著門客以「狗盜」、「雞鳴」的逃脫術成功地溜走。狗盜，就是鑽狗洞，進入室內偷東西；雞鳴，模仿雞叫，騙衛兵開城門。

「鳳雛」龐統的逃脫術也堪稱一絕，他獻連環計，被老同學徐庶識破，二人交換條件，隔天合力散布西涼馬騰要造反的謠言。徐庶藉著率兵平亂的機會，成功地逃走，擺脫曹操。傳聞孝子徐庶逃走後，守著母親的墳墓，過了餘生。

孔明則是來到江東好一段時間，遲遲無法返回江夏。自己的命自己救，他演了一齣「借東風」單元劇，借到手後，就逃之夭夭。

逃脫術實境秀爭霸賽

我是逃脫老大哥，冠軍非我莫屬。

我逃走的背後故事夠暖心，比他們賺人熱淚。

我靠著「借東風」溜走，才有噱頭！

三國笑史

9 孔明借東風

周瑜命人在南屏山搭建七星壇。

孔明煞有其事，手持七星寶劍在祭壇上作法祭天。

眾將士聽令！
等孔明借來東南風，大破曹軍！

諾！
諾！
諾！
諾！
諾！
孔明祭天已三日，這夜將近三更時分……

軍旗旗角從東南轉飄西北方向。
東南風真的來了！
周
呼！

周瑜剛渡過難關，又起殺念。
孔明有奪天地造化之法，鬼神不測之術，此人是個禍根，要及早除掉。
呼！
呼！

弟兄們，殺了孔明！
周瑜派丁奉和徐盛各領百名士兵，從水路與旱路兩面包抄南屏山七星壇，要殺了孔明。

大事已了，我該乘風而去了。

粉墨登場　成功騙敵的徐盛

東吳大將，參與過好幾次重大戰役，包括：決定三國鼎立局面的赤壁之戰、爲奪取南郡而與曹軍廝殺的南郡之戰，以及討伐關羽、蜀漢劉備爲關羽報仇的彝（ㄧˊ）陵之戰。有一年魏文帝曹丕攻打吳國，準備渡長江時，徐盛考量正面迎戰一定打不贏，便派部下築假箭樓、在長江擺戰船，成功地嚇退敵兵。這招「僞裝術」爲他加了不少分。

市面上的《三國演義》都沒有介紹我，還是《三國笑史》的作者有眼光，我一定會在粉絲專頁按讚。

語文學堂

- 南屏山：位今浙江省杭州市。
- 天地造化：自然界的造就與變化。造化：創造化育。

三國故事開麥拉

這天，孔明邀魯肅到南屏山，他在現場指揮如何排列陣勢。

他要求魯肅轉達周瑜，需要調派兵力，並下令守壇的士兵誰敢違令，一律斬首。接下來，孔明在爐中焚香，開始祝禱。

築臺的事順利進行，周瑜等著起風後就出兵。老將黃蓋準備了二十艘快船，船內堆滿淋上魚油的蘆葦，還撒上硫磺焰硝，再覆蓋青油布，插上青龍牙旗。

一直到夜晚，都沒有風。周瑜起了疑心。快三更時，真的吹起東南風。周瑜嫉妒孔明本領強，派丁奉、徐盛去殺死他。

二人分別搭快船、騎快馬抵達南屏山時，孔明早就溜了。

周都督：
當今夜吹起東南風，就是我離別的時候。
別為了我哭泣，也別為了我吐血！

蒼天既已生公瑾，塵世何須出孔明？
你老愛碎碎念這句話，卻始終沒有答案。
還有，你不甘心為什麼《三國笑史》出版時，
我比你早一步成為封面主角，
原因是——我比你帥比你紅！嘿嘿嘿～

接下來，我們還有對手戲，
盡量放馬過來！別再氣得吐血唷！

孔明

可惡的孔明！

穿越時空

孔明借東風——巧用天時

「孔明借東風——巧用天時」，這句歇後語揭曉了「借東風」的祕密。風，當然無法用借的，因孔明懂氣象，會觀察氣候和地形，知道那天極有可能颳東南風或南風，所以人們讚美他「巧用天時」。

《三國志平話》中寫赤壁大戰前夕，周瑜要眾部將在手心寫上攻曹賊的方法，大家都寫「火」，僅孔明寫「風」。孔明還強調僅軒轅黃帝、舜帝和他有本事向老天爺借風。

赤壁大戰發生在冬季，中國大陸冬天吹西北風或北風，所以孔明要「借東風」。這一借紅遍千餘年，時空移轉到現今，孔明絕對是臉書上可以獲得「藍勾勾」的名人。

諸葛孔明

5分鐘.

我因為借東風大受歡迎，粉絲好幾百萬人，申請「藍勾勾」一次就過唷！

爲什麼？爲什麼我是名人卻沒有「藍勾勾」？

其實我也有「藍勾勾」。

三國笑史

10 神算孔明去也

丁奉
孔明先生人呢？
先生已乘坐快船離去。
道童
什麼！

徐盛領水軍追趕孔明的快船。
先生別走，都督有請！
徐盛

我知周瑜不能容我，東南風起必定派人來殺我。
我預先叫趙雲來接我，將軍不必再追了。

咻！
啊！
鏘！
誰敢再追來，我趙子龍一箭取他性命。

徐盛不敢再追，眼睜睜看孔明的船飛快而去。
丁奉和徐盛回報周瑜，諸葛亮逃走的經過。
孔明如此足智多謀，待破曹軍之後，我非殺了他不可。

粉墨登場　東吳大將丁奉

早先效忠孫策，後來受孫權招攬，相當受重用。丁奉參與過不少大戰役，包括：與曹操爭鋒的赤壁之戰和南郡之戰，以及討伐關羽、迎戰蜀漢劉備發動的復仇大軍，也就是史上著名的彝陵之戰。當魏文帝曹丕攻打吳國，準備渡長江時，丁奉配合徐盛築假箭樓、在長江大擺戰船的策略，成功地嚇退敵兵，表現出色。

奇怪，我也是猛將，爲什麼幾乎沒有人認得我？

語文學堂

- 道童：古時候爲道士工作的童子。
- 眼睜睜：睜著眼睛。多形容發呆、無可奈何或無動於衷的樣子。
- 足智多謀：智謀多。形容善於推測事情的變化和謀略。

三國故事開麥拉

丁奉和徐盛找不到孔明，只好向在場的人打聽，才知道昨夜有一艘快船停泊在附近的江邊，孔明已經搭船走了。

徐盛下令船夫拉滿帆追趕，沒多久就追上那艘船，他扯開喉嚨大喊：「請軍師留步。」

孔明搖著羽扇，笑著說：「別追了！請你轉告都督，後會有期。」徐盛不死心，還追來，卻聽到船上有個人大聲說：「我是趙子龍，奉主公命來接軍師。讓你見識一下身手。」說完，箭「咻」地射了過來，射斷帆繩，帆「噗通」掉到江裡，船傾斜了。孔明坐的小船卻飛也似地消失。

周瑜覺得孔明太厲害，一定要殺了他。

風兒吹呀吹，吹來東南風……。
戲已殺青，你別再演了！
早知道孔明什麼都借得到，直接借他的人頭更省事。

穿越時空

風神的故事

相傳掌管風的神仙叫風伯，也叫飛廉、十八姨。

中國神話中寫蚩尤與黃帝作戰，蚩尤拜託風神和雨神施法力。黃帝不甘示弱，請來魃星旱神，才數分鐘風雨就停了。

關於風神有一則很淒美的傳說，有個妻子苦等經商的丈夫回家，卻音訊全無。她臨死前表示看到男人出遠門，一定颳大風，把他們留在妻子身邊。

還有一則是風神「十八姨」的故事，有個花精因惹惱了十八姨，所以請學道術的人幫忙，才免受風災摧殘。

人們因富想像力，所以編出各種神話故事，也賦予大自然多采多姿的生命。

我十八姨是威震武林的風神。
我「風伯」二字經過註冊，取得獨家版權。
咦，空中怎麼有假髮？

三國笑史

11 赤壁大戰開始暖身

孔明回到劉備陣營調兵遣將。
子龍，你帶三千軍馬在烏林之西小路上埋伏。
曹操兵敗後必逃到此地，你可殺得曹軍措手不及。
遵命！

張飛，曹軍在烏林的殘餘敗兵必逃奔到葫蘆口。
你領三千兵馬在那裡埋伏，必能殺敗曹兵。
得令！

關羽忿忿不平說……
眾將都有任務，軍師為何獨漏我？

曹操在葫蘆口兵敗後，必定逃往華容道。
我本想請關將軍把守此處，但怕你念及曹操的恩情，放他逃走。

曹操之恩，我斬顏良誅文醜已報答了，怎會放過他？

好！請關將軍領五百人馬埋伏在華容道，捉拿曹賊來見！

關羽領兵去了。

我二弟重情重義，料他必定會放走曹操。
我知道。
我是故意這麼安排，好讓他徹底還清曹操的恩情。

粉墨登場　帥哥猛將趙子龍

趙子龍就是趙雲，曾七進七出長阪坡，冒險救出甘夫人和少主阿斗。阿斗在他懷裡不哭不吵，所以有史學家懷疑趙子龍是女性，因爲深具母愛所以很會哄小孩。這些都是沒有根據的傳說，英俊高大的趙子龍武藝高強，連曹操都誇他是虎將。

語文學堂

- 得令：遵命的意思。
- 華容道：古地名，位今湖南省華容縣，也有學者考證認爲是位今湖北省監利縣。

三國故事開麥拉

赤壁之戰的火苗已經點燃，周瑜負責調度兵馬，派甘寧冒充曹軍渡過長江，並高舉火把當暗號；讓黃蓋寫密信給曹操，說今夜準備過江投降。

另一頭的孔明除了打算堵死曹操，還策畫「華容道」這齣高潮迭起的戲。他在夏口坐陣，調兵遣將，派趙雲率領人馬，埋伏在烏林通往荊州的路上；派張飛前往北彝陵路上埋伏，交代見煙火升空就衝出殺敵；再安排部將駕著船，沿江捕捉敗走的曹兵。

關羽因爲沒有被安排任務，提出抗議。孔明解釋因擔心關羽重仁義，到時候會放走對他有恩情的曹操。關羽表示若放人願意遭軍法處置，孔明才安排他到華容道逮曹操，絕對要使命必達。

一則故事救了曹操

曹操在華容道遇關羽時，以「庾公之斯追子濯孺子」的故事，爲自己脱險。

庾公之斯、子濯孺子分別是春秋時代衛國的神箭手，以及鄭國的大夫。有一年，子濯孺子奉命攻打衛國，途中卻手傷發作，無法射擊。情況危急下，知道敵將是庾公之斯，懸著的心才放了下來。

因爲庾公之斯曾向他的學生尹公之他學箭術，他的學生是正人君子，推測庾公之斯不會乘人之危，殺一個受傷的人。果然，庾公之斯不忍下手，他敲掉箭頭，讓箭變得沒有殺傷力，才向子濯孺子射了四支箭。

曹操提醒關羽，你過五關斬六將時，我並沒有追究，難道這恩情不該回報？因爲這則故事，關羽放走曹操，其重仁義的品格受所有人尊敬。

三國笑史

12 火燒連環船

大軍誓師，周瑜斬了詐降的蔡中，蔡和，血祭軍旗，以振軍威。

大軍齊發，誓滅曹賊！

黃蓋帶領二十艘船衝向曹軍水寨。

丞相，黃蓋的船隊吃水輕浮，不像是囤糧帶兵來歸降，其中必定有詐。
文聘

曹操也發覺有異，急忙下令……
快阻止黃蓋的船隊進水寨！

點火！
黃蓋

黃蓋的船隊自己點火燒船，二十艘火船乘著東南大風風勢，衝向曹營水寨，熊熊烈火吞噬了以鐵環鎖住，動彈不得的戰船。

糟糕，中計了！
丞相快逃吧！

曹軍士兵在一片火海中四處奔竄，各個棄船投江逃命。
轟！

上千艘戰船全燒了，
這次我又虧大了！

粉墨登場　荊州第一武將文聘

早期是劉表的屬下，少主劉琮獻城投降曹操後，在曹操勸說下，成了曹營生力軍。文聘精熟水戰，相當受重用。他長年來駐紮在江夏，防制蜀漢關羽和東吳孫權率兵攻打，對保衛魏國的安定貢獻很大。此外，文聘還曾經救過曹丕等，曹丕即位後，封他爲長安鄉侯。

我是荊州最紅的武將，卻苦熬到第七集才出場，怎麼回事啊？

語文學堂

- 水寨：古時候建築在江邊，用來防守的柵欄或圍牆。
- 熊熊：火燃燒旺盛的樣子。
- 呑噬：呑食，此比喻烈火燒光了戰船。

三國故事開麥拉

曹操收到黃蓋捎來的投降密信，大喜。不料，謀士程昱很掃興，說要小心敵方採火攻。曹操卻一點也不擔心。

二人正說著，黃蓋派士兵呈上密信，說今夜會乘糧船來投降，以插青龍牙旗爲記號。「黃蓋眞的來降，先生太多慮了。」曹操高興地等著開慶功宴。

到了夜晚，曹操來到船上遙望江面，隱約看到有一隊船駛來，等船靠近，見每艘船都插著青龍牙旗，寫著「先鋒黃蓋」。

此時，因程昱提醒駛來的船吃水很輕，又吹東南風，小心有詐。曹操也突然省悟可能上當，急下令文聘等將領去攔截船隊。

然而，時機已晚，十艘引火船闖入曹軍艦隊放火燒船，火勢一發不可收拾。

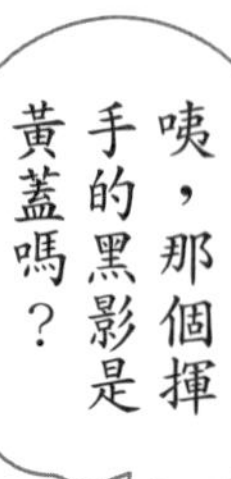

船夫大哥，借過！不要擋我的路。

曹操在船上等黃蓋，時間一分一秒地過去。
燒烤
烤玉米
熱炒

咦，那個揮手的黑影是黃蓋嗎？

穿越時空

那夜，火燒船的眞相！

建安十三年，曹操被鬼遮眼，相信黃蓋和龐統的話，以致千艘戰船慘遭火噬，輸得灰頭土臉。但是，黃蓋率領的引火船才十艘，怎麼可能引燃千艘以上的戰船同時著火；況且燃燒後船身會毀損，與左右的船脫離，不可能持續延燒。

依據史書記載，曹操敗走後，寫信給孫權，說那夜因有士兵罹患傳染病，才下令火燒船，以致讓周瑜揀了便宜，平白獲得打贏的美名。

曹操沒有完全講實話，眞相是他命人燒毀殘破不堪的船，改從陸地上逃走，才會在華容道被關羽逮個正著。

然而，這段歷史被羅貫中的妙筆改寫後，火燒船的精彩戰略成了膾炙人口的故事，搖身爲三國的精彩戰役。

曹操寫信曝真相 打臉美周郎周瑜

孫權：

曹阿伯告訴你一個大秘密，那天因為船上有致命的傳染病，我才下令燒光所有的船，你們的「引火船」才十艘，像小朋友在玩遊戲。對了，慶功宴時，記得告訴周瑜，做人要誠實謙虛，不要搶功勞。

曹操

三國笑史

13

曹操，你這烏鴉嘴！

曹操灰頭土臉領著敗兵逃往烏林，一路上，曹軍士氣低落，意志消沉。

此時，曹操忽然放聲大笑。
哈哈哈……
程昱
丞相為何大笑？

我笑周瑜和諸葛亮不夠聰明，換成是我用兵，一定在此地預設伏兵。

曹操話音剛落，兩邊火光衝天而起，一隊大軍殺出……

趙子龍奉軍師將令，在此等候多時。

兩軍廝殺，曹軍損傷大半，曹操趁亂逃走。

曹操逃到葫蘆口時，下起大雨，曹軍更顯狼狽不堪。
曹操卻又反常大笑不止。
哈哈哈……

丞相又笑什麼啊？

我笑諸葛亮和周瑜太笨，如果在此地預埋伏兵，我們就死定了。

張翼德在此，曹賊納命來！

丞相，你這烏鴉嘴！

粉墨登場　兵法達人程昱（ㄩˋ）

本名叫程立，有一天夢見登上泰山，用雙手捧著太陽。曹操得知後，命他改名叫程昱。程昱擅長兵法和分析局勢，曾獻上「十面埋伏」計策，打得袁紹抱頭鼠竄；後來，曹操想納蜀漢的徐庶爲一員，卻苦無機會，程昱獻計以假信騙來徐庶。他深受曹操和魏文帝曹丕重用，死時，曹丕傷心地痛哭流涕。

語文學堂

- 灰頭土臉：滿頭滿臉都是塵土。形容沮喪的樣子。
- 烏林：古地名，在今湖北省洪湖市，處長江北岸，與南岸的赤壁隔江相望。
- 狼狽不堪：形容處境窘迫的樣子。

三國故事開麥拉

長江水面火光沖天，黃蓋被曹營大將張遼射中左肩，「噗通」墜落水中。此時，曹軍中箭的、被火吞噬的、被巨浪淹沒的成千上萬。

張遼率領百名騎兵保護曹操，一行人在火海奔竄。曹操下令逃往地面空闊的烏林，誰知遇敵將呂蒙等人。天呀！怎麼辦？曹操只好奔往彝陵，才稍安心，卻又殺出趙子龍攔路。曹操笑不出來，氣喘噓噓地逃命。

到了天光泛著魚肚白，突然下起傾盆大雨，大夥搶奪村民的食物後，曹操下令前往南彝陵，走到葫蘆口，實在走不動了，才升火做飯、烹煮馬肉。

這時候，曹操卻無厘頭地大笑起來。笑聲才停，張飛衝殺出來，大喊：「曹賊哪裡去？」曹操嚇得魂飛魄散，落荒而逃，其他將領也紛紛逃之夭夭。

穿越時空

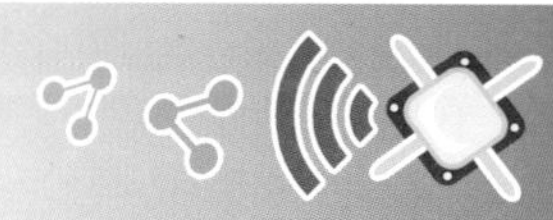

曹操脫逃，遇貴人！

曹操在小說裡多次因遇貴人而脫險。早年他帶著七星寶刀去刺殺國賊董卓，後淪落成通緝犯，幸好獲縣官陳宮賞識，不僅釋放他，還跟著亡命天涯。

逃亡三天後，巧遇舊識呂伯奢。老朋友好意殺豬備酒款待，不料，一家八口卻被曹操殺光。等他擁有勢力，舉兵討伐董卓時，卻陷入苦戰，差點兒被殺死，還好途中遇到堂弟曹洪趕來搭救，才逃過死劫。

當曹操把持漢朝政權時，國舅董承祕密組織「滅曹幫」，連太醫吉平都加入，打算在藥裡下毒，卻被董承的家僕挾怨告密，曹操又躲過一劫。

最驚險的屬在華容道遇關羽，曹操以「討恩計」打動關羽，才能死裡逃生。九命怪貓曹操貴人多，堪稱史上奇葩。

曹操貴人脫逃手冊曝光 縣官百姓家僕大將上榜

陳宮
我是被他甜言蜜語騙了，好難為情。
呂伯奢
冤啊！我幹麼幫曹賊？
家僕
我純粹是湊熱鬧。
關羽
還了恩情，從此了無牽掛！

我生命中最大的驚喜就是貴人多。

貴人手冊

14 關羽還人情

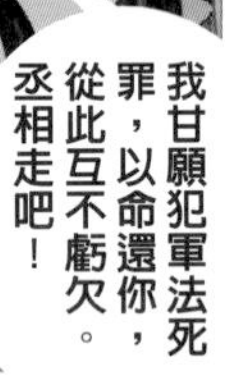

沙沙沙……

曹瞞兵敗走華容，
正與關公狹路逢。
只為當初恩義重，
放開金鎖走蛟龍。

粉墨登場　關羽和曹操

二人是敵對關係。當年曹操率領大軍攻打劉備，關羽為保護甘夫人、糜夫人和少主阿斗，在有條件下投降。這段時間，曹操天天噓寒問暖，常送他珍寶、美人。當曹操大戰袁紹，關羽為了報恩，殺敵將顏良、文醜。等他獲知劉備下落，連過五關斬殺曹營六名大將，曹操卻不忌前嫌，放他離去。孔明設下「華容道堵曹操」計，讓關羽徹底了斷恩情。

英雄，欠我的恩情要記得加倍還唷！
不要一直提醒這件事！

語文學堂

- 村野山夫：住在鄉村田野的凡夫俗子，有輕視意味。
- 策馬：驅馬行走。
- 放開金鎖走蛟龍：金鎖，比喻華容道；蛟龍，比喻曹操。

三國故事開麥拉

曹軍哀嚎地逃命，來到二條路，曹操命部將站高處觀看，見小路上有幾處冒著白煙，便命令走華容道。「有白煙就會有埋伏，小心上當！」眾人好怕。

「孔明故意安排人在山中燒煙，騙我小路有伏兵，他卻在大路埋伏兵馬攔截。我有那麼笨嗎？」眾人不敢違抗，苦撐著逃往華容道。

當初逃命時，脫下的溼衣服還晾在樹枝上，來不及穿，大夥又冷又累，快要累垮了！偏偏殘兵敗將又遇到水窪，馬兒陷在泥淖裡走不了。曹操急了，乾脆命張遼等將領用死屍填路，費了九牛二虎之力才勉強前進。

此時，曹操又仰天狂笑，不信孔明還安排伏兵。偏偏邪得很，關羽率領五百名刀斧手攔住去路。情急下，曹操向關羽討往日恩情，希望能逃過一劫。

 穿越時空 

阿瞞，誰的小名那麼萌？

「阿瞞」，是曹操的小名。一代梟雄卻取個這麼萌的小名，爲什麼？

相傳曹操的祖先本姓夏侯，與當朝宦官曹騰很有交情。因爲曹騰無法生育，夏侯家的人便將一子過繼給他。

這男孩子叫曹嵩，長大結婚後，生下曹操，很受長輩寵愛。也許老天爺愛開玩笑吧，夏侯家自從將男丁送養後，家族一直沒有生男生。曹家的人擔心他們知道有曹操這個子嗣，會要回去，便偷偷地養，一直沒有爲曹操取名字。

沒有名字怎麼叫？古時候醫藥不發達，容易因染病而死，人們相信取個賤名，像阿貓、阿狗，反而可以活得健康。曹家人不捨金孫叫阿貓、阿狗，所以只要講到曹操，總是支支吾吾地隱瞞過去，所以有了「阿瞞」這個小名。

三國笑史

15 曹操的眼淚

曹操驚險地脫逃華容之難，隨軍人馬只剩下二十七騎，慘得再也笑不出來。

忽然，眼前又有一隊兵馬攔路。
曹操如驚弓之鳥，大驚失色。
吾命休矣！

辨明人馬，原來是曹仁前來接應。
仁弟，我差點兒就死在半路上，見不到你了。
丞相受驚嚇了，
快隨我回南郡江陵城安歇。
曹仁

江陵城
南郡
回到南郡，曹操當著眾人面前放聲大哭。
哇啦哇啦……
剛才驚險萬分，丞相一路大笑，
如今人馬安全，為何失態大哭？

我哭郭嘉若不死，必能指正我南征所犯的錯誤，
我就不會敗得這麼慘了。
眾謀士聽了慚愧不語。

丞相說這話可真毒，表面上是檢討自己，其實是數落咱們不盡責。

粉墨登場　首席謀士郭嘉

曹營的謀士，相當受重用。當年劉備落魄投靠曹營時，其他謀士主張殺死劉備，唯有郭嘉大膽地建議曹操協助劉備，以建立仁義的形象。官渡之戰，曹軍大勝，郭嘉是大功臣。接下來，他在攻打袁紹的三子袁尚時，因勞累而死於征途。赤壁之戰曹操大敗，憶起郭嘉，痛哭因為沒有他才輸得那麼慘，可見郭嘉在梟雄心目中的地位。

我都死多年了，曹操還那麼想我，你們不要嫉妒唷！

語文學堂

- 驚弓之鳥：比喻受過驚嚇，以致見到一點動靜就害怕的人。
- 南郡：古中國的一個郡，位在江陵縣，今湖北省荊州。
- 數落：指責他人的過失。

三國故事開麥拉

關羽憶起當年曹操的恩情，眼前的士兵又是多麼的無辜……。他一咬牙，轉身下令所有士兵讓開，放了曹操等人。「謝英雄！」曹操不敢相信地慌亂逃命，部將們也衝了過去。

關羽本想攔住一些稍有官階的軍士，但眾軍士都發抖地跪了下來。此時，老友張遼趕過來求情，關羽不忍爲難老朋友，答應放了所有人的性命。

曹操軍落荒而逃，部將們紛紛搶奪馬匹、盔甲等戰利品，僅關羽不肯拿，空手回夏口。

當孔明獲知他放了曹操和所有敵兵，氣得下令處斬。劉備嚇壞了，連忙求情，孔明才收回軍令，饒了關羽。

將軍在華容道如何堵曹操，快說來聽聽。
一定精彩無比！
爲了配合《三國演義》第五〇回劇情，我在華容道放了曹操！

穿越時空

曹操七次感人的淚水

有句話說「曹操的眼淚好假」，諷刺人虛情假意，像曹操的淚水。他在小說裡共哭了七次，包括一哭袁紹、二哭陳宮、三哭荀攸、四哭郭嘉、五哭典韋、六哭龐德、七哭曹沖。這七人分別與他的成長、打拚、血緣相關。

袁紹是他「死忠兼換帖」的玩伴，長大後卻成了死敵。當袁紹吐血而死，曹操憶起往事，無奈地哭了。陳宮是救命恩人，下令送他上斷頭臺時，曹操不禁淚流滿面。荀攸、郭嘉是他的謀士，二人病死，曹操一提起就號啕大哭。

典韋和龐德是愛將，二人出生入死跟隨他，卻紛紛戰死，曹操說多不捨就有多不捨。最後一個是愛子曹沖，想出測量大象的方法，是資優生，可惜十三歲就病死，爲人父親的曹操哭得甘腸寸斷。

誰是最會逃最愛哭的英雄
網路鄉民紛紛投票決高下

三國笑史

16

南郡，我要定了！

劉備與孔明屯兵在油江口，周瑜和魯肅領兵前去理論。
敢問劉皇叔將兵力轉移到油江口，是否想跟我搶南郡？

不敢！我是怕周都督不是曹仁對手，特來相助，
若都督攻取不下南郡，我再去取。

我怎麼可能取不下南郡？
若真取不下，劉皇叔自可去取。

好，一言為定！

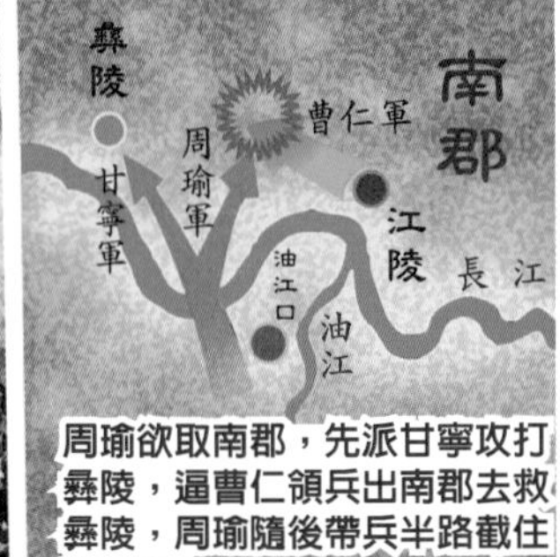
彝陵
曹仁軍
南郡
周瑜軍
甘寧軍
江陵
長江
油江口
油江
周瑜欲取南郡，先派甘寧攻打彝陵，逼曹仁領兵出南郡去救彝陵，周瑜隨後帶兵半路截住曹仁軍。

兩軍混戰一場後各自收兵。

曹洪
曹仁
彝陵已失，情況危急，何不拆開丞相留下的妙計來解危。

這妙計到底是什麼意思？

粉墨登場　曹魏大將曹洪

曹操的堂弟，長大後加入軍隊，跟隨曹操討伐董卓。曹洪雖然很有錢卻非常吝嗇，曹丕未即位前，曾向他借上等絹布和錢，卻遭拒絕。曹丕懷恨在心，等即位後藉機找個理由，下令殺他，還好皇太后極力解圍，才逃過死劫。

想不到我不借錢給堂侄曹丕，竟遭來殺身之禍，這個人太不講道理了。

語文學堂

- 屯兵：駐紮軍隊。屯：音ㄊㄨㄣˊ，駐紮。
- 油江口：位處江南地區，在油江與長江匯流處，地理位置很重要。
- 劉皇叔：指劉備。因劉備是劉氏子孫，依輩分來排是漢獻帝的同宗叔叔，所以人稱劉皇叔。

三國故事開麥拉

赤壁之戰大勝，周瑜高興地開慶功宴，犒賞三軍。飲酒正酣暢時，謀士孫乾來獻賀禮。周瑜獲知劉備、孔明駐軍在油江口，大吃一驚。他早就想攻取南郡，並且打算在那裡紮下營帳，現在情勢恐不妙。

周瑜和魯肅率領三千兵馬前往油江，見江面上陳列一艘艘的戰船，感到很不安。等雙方入坐，酒才下肚，周瑜就提起攻南郡的事。

周瑜一時口快，表示若取不下，就把機會讓給劉備。

孔明竊喜，事後告訴劉備：「曹操派曹仁守南郡，他是狠角色。我們先讓周瑜攻打曹軍，再坐收漁翁之利。」孔明料準二方人馬無法取下南郡，到時候他有妙計，可以輕鬆地達陣。

穿越時空

氣氣氣！孔明三氣周瑜

《三國演義》裡周瑜三次使毒計要殺孔明，卻沒有一次成功。巧的是，孔明也三次氣周瑜，每次周瑜都被氣到吐血。

第一次，是赤壁之戰後，周瑜想趁機攻取南郡，偏偏劉備也想吃到這塊肥肉。在孔明巧施妙計下，周瑜無法得手，白白浪費軍力，氣到吐血。

第二氣，更加烏龍，是荒腔走板的「政治聯姻」。周瑜獲知甘夫人死了，心想劉備喪偶很寂寞，便想個餿主意，建議孫權藉招親之名除掉劉備。不料，這起烏龍聯姻弄假成眞，周瑜反被譏笑，顏面掛不住，又氣到吐血。

第三氣，是周瑜愈想愈嘔，騙劉備要率兵奪下西川送他，但條件是必須把荊州歸還東吳。然而，此計被孔明識破，反被戲耍，周瑜一氣，吐血死了。

別讓孔明知道我吐血，絕對要保密。

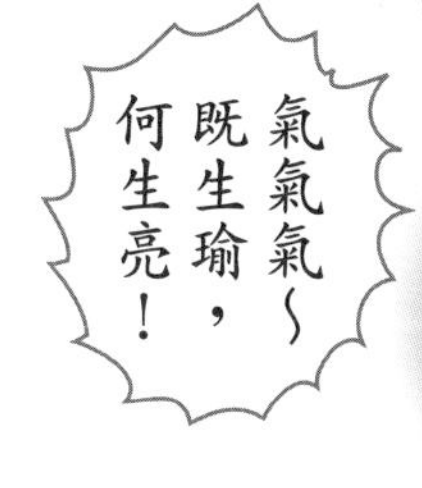

都督，保重！近來鬧血荒，千萬別再吐血，很浪費耶！

氣氣氣～既生瑜，何生亮！

三國笑史

17 周瑜中箭

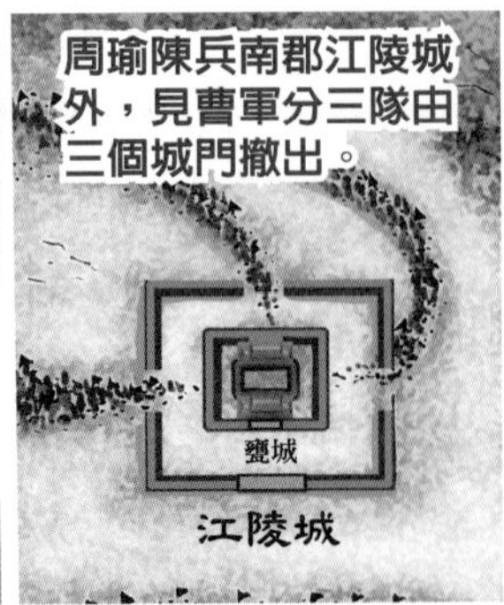

周瑜陳兵南郡江陵城外，見曹軍分三隊由三個城門撤出。
甕城
江陵城

周
曹仁莫非想棄城逃走？

周
此時不趁機取城，更待何時？

曹軍三隊集結往西北走，周瑜派韓當、周泰引領大軍追趕曹軍。
曹仁軍
周泰
韓當
兩軍激戰

啊！
城門大開，城上無人把守，周瑜以為是空城，只領著數十騎快馬，爭先恐後，直入甕城，不料，全落入陷兵坑裡。

城上預伏的曹軍弓箭手此時亂箭齊發，江東軍死傷無數。
咻！
咻！
咻！

周瑜急勒馬想撤軍出城，被箭射中左肋，翻身落馬。
咻！
咻！
不好！中計了。

徐盛、丁奉捨命救周瑜脫困，殺出箭陣退回營寨療傷。
周

周瑜抱傷說……
我要詐死，誘曹仁領兵前來劫營。

曹仁果然領兵前來劫營，周瑜手下諸將與曹軍混戰，曹仁不敵逃往襄陽。
周瑜領兵到南郡江陵城時，卻見城上插滿劉備軍的旗旗。
怎麼回事？

周都督得罪了。

子龍奉軍師將令，已先取下此城。

啥！
周瑜火氣上湧，箭傷迸裂，疼痛難當。

粉墨登場　曹魏大將曹仁

曹操的堂弟，年少時名聲不好，後來曹操舉兵討伐董卓，他號召一批同好加入軍隊。曹仁精通兵法，曾布局「八門金鎖陣」攻打劉備，可惜被謀士徐庶破解。他當上大將軍後，隨身攜帶紀律條文，提醒自己要嚴謹守法，深受魏王曹操、魏文帝曹丕重用。

語文學堂

- 陳兵：部署兵力。
- 旌旗：各種旗子。旌：音ㄐㄧㄥ，旗子的通稱。
- 難當：難以忍受。當：音ㄉㄤ，承受、忍受。

三國故事開麥拉

望眼南郡城門外都是周瑜率領的軍隊，殺氣騰騰。周瑜因日前與曹仁過招，分不出勝負，今天又率兵來攻打。「南郡一定歸我，劉備別妄想分杯羹！」

詭異的是，他見曹兵個個垂頭喪氣，背著包袱，傾巢而出。

「咦，難道曹仁的士兵沒有鬥志，想逃之夭夭？」周瑜大喜，決定加強火力，勢必取下南郡。果然，曹兵不堪一擊，紛紛往西北方逃竄。

周瑜見城門大開，下令直搗而入。不料遭到埋伏，從街道兩旁的民房射出箭雨，周瑜才勒住馬想轉頭，左肩遭箭射中，唉叫一聲，慘摔下馬。

周瑜負傷躺在帳內，想出詐死計，以為能如願攻取南郡，卻獲報孔明先捉住守城的陳矯，再奪下曹仁的兵符，所以輕輕鬆鬆取得荊州、襄陽。他一聽，氣得吐血了！

周瑜被飛箭射中，孔明吊鋼絲，搭救快摔落的周瑜。

穿越時空

莊子假死的故事

相傳莊子在山間遇見一個少婦，在剛下葬的墳墓前，拿著扇子拚命地搧風。他好奇地問原因，才知道婦人剛死了丈夫，亡夫臨終前交代必須等墳墓的土乾了，她才能改嫁。莊子會仙術，便施法讓土快速乾燥，圓了婦女想改嫁的心願。

他返家後告訴妻子田氏這件事，田氏說自己很愛丈夫，絕不會改嫁。莊子便假死想試探田氏的眞心。不知情的田氏見莊子暴斃，傷心地辦起喪事。

不料，田氏竟然與前來弔唁的一名王孫公子談起戀愛。有一天，這名公子心臟病發，唯有用死人的腦漿才能治活。田氏鐵了心，拿起斧頭劈棺木，想取出腦漿。這時候莊子突然活了過來，原來他假死變成王孫公子，來試探田氏。

這則故事就是人們津津樂道的「大劈棺」。

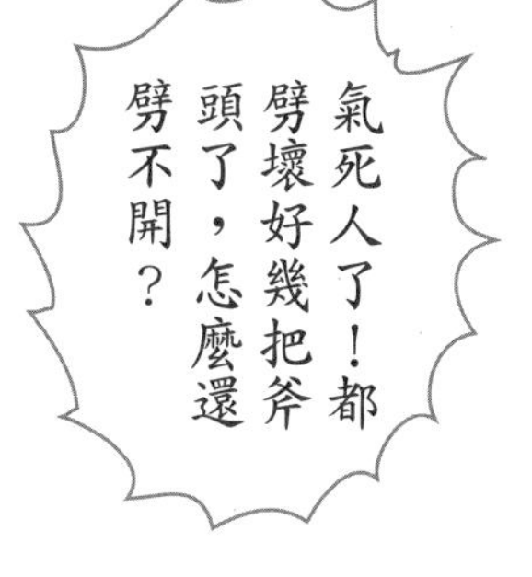

三國笑史

18 魯肅討荊州，空手回！

我們和曹仁大戰分身乏術之際，
孔明趁機占領南郡，又奪取荊襄，真可惡！
且慢！雙方都是明白人，相信能說理。
我先去討荊襄，若說不通，你再用兵，如何？
我要出兵殺劉備和孔明，以解心頭之恨。
好吧！
魯肅來到襄陽城見劉備和孔明。
劉皇叔，東吳殺退曹軍，荊襄九郡該歸東吳。
如今，所有城池都被你們用詭計占了，我軍空費錢糧兵馬，一點利益都沒沾到，天下豈有這樣的道理？
子敬，你說得不對。
荊州乃是劉表基業，劉表雖死，我主公為其子劉琦奪回失地，以叔叔的身分輔佐侄兒重建家業，有何不可？
當真是為劉琦公子奪回荊襄？
此時，劉琦病懨懨的被兩名侍者攙扶著，由屏風後走出來。
子敬先生。
為何荊襄九郡變成你東吳之地？
魯肅自知理虧，啞口無言。
我看劉琦病重，恐怕不久於人世。
若他死了，荊襄城池該還給東吳，不然，孫劉兩家會爭戰不休。
荊襄之地，我們要厚臉皮堅持到底不給東吳。
我同意！
好的，我會說服皇叔。

粉墨登場　走上黃泉路的劉琦

荊州刺史劉表的長子，因不得繼母蔡氏歡心，劉表死後，並沒有當上繼承人。後來孔明助他一臂之力，建議他到江夏發展，再找機會翻盤。赤壁之戰後，劉備向朝廷推荐劉琦任荊州刺史，他才有機會重返父親當年建立的地盤。可惜過了一年多，劉琦病死了，再也沒有重振家業的機會。

我以為重返荊州能有一番作為，卻是一場夢一場空。

語文學堂

- 分身乏術：事情太多無法兼顧。
- 基業：作為根基的事業，多指國家政權。
- 懨懨：懶散疲乏的樣子。懨：音 ㄧㄢ。

三國故事開麥拉

半夜，周瑜甦醒，氣得要殺孔明洩恨，還口口聲聲說非奪回南郡不罷休。

魯肅表示願意渡江去找劉備講理，若對方蠻幹，再動兵也不遲。幾天後，他來荊州求見，發現軍容整齊劃一，暗誇孔明用兵如神。

魯肅坐下後，開門見山地說：「曹賊攻打江南，東吳出兵逼退曹軍，救了皇叔，你們知恩不報，反過來奪占荊州，太沒道理了。」

孔明卻不給面子地嗆了回去，說荊州本來是劉表的，現在他死了，長子劉琦在這裡，劉皇叔以長輩身分輔佐侄兒，怎麼能說奪占？

魯肅講不贏，加上神情憔悴的劉琦也認爲荊州沒有理由歸孫權，他只好返回江東，說劉琦病入膏肓，等他死了再攻討荊州，劉備就沒轍了。

咳～咳～我的荊州……咳咳咳～
你不要～過來，會傳染！
劉公子這招「病毒戰」夠強，夠爆發力！

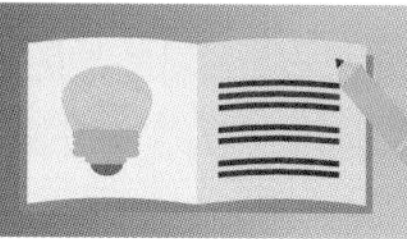

穿越時空

三國貴公子兄弟檔

三國時代，有幾對貴公子兄弟檔靠著家勢撐起一片天。有誰上榜？第一對是袁紹和袁術。哥哥袁紹靠著家大業大當上「關東軍盟主」；弟弟袁術撒本錢當上皇帝，在位僅兩年多就吐血死了。

再來是袁紹的兒子：袁譚、袁熙、袁尚。袁譚當不了接班人，乾脆投靠仇敵曹操，當了他的女婿；次子袁熙於官渡之戰時，美麗的妻子甄宓被曹丕搶走；三子袁尚是弱不禁風的美男子，被大哥趕到遼東後，遭主人公孫康砍死。

第三對是荊州太守劉表的兒子劉琦和劉琮。劉琮投降曹操後，反被追殺；劉琦被繼母蔡氏趕走，靠劉備協助返回荊州，卻因沾染酒色財氣而病死。

這三對貴公子兄弟檔都含著金湯匙出生，卻都以悲劇結束一生。

三國笑史

19 諸將各顯神通

劉備不還荊襄，周瑜雖氣憤，想興兵動武卻因傷勢嚴重無法作戰，只好把大軍交還在合淝作戰的孫權，回柴桑養傷治病。

周瑜不在，兩軍可和平無事一段時間，我們正好趁機南征四郡，平定荊州未歸順的地方勢力。
我同意！

孔明遣將用兵，派趙子龍攻下零陵郡收降劉度、劉賢父子，接著又攻取桂陽郡，降服太守趙範。
劉度
劉賢
趙範

軍師，別只讓子龍顯威風，我也要帶兵出戰。
好！我給張將軍三千兵馬去取武陵郡。
張飛果然不辱使命，一戰大捷，殺了守將金旋，取得武陵郡。
金旋

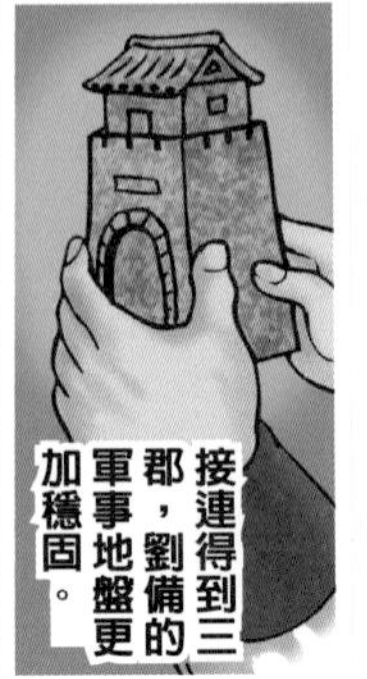
接連得到三郡，劉備的軍事地盤更加穩固。

子龍與三弟真是我的福將和勇將，
讓我得到這麼多城池，真高興！

粉墨登場　說媒的趙範

桂陽太守。赤壁之戰後，劉備攻武陵、長沙、桂陽、零陵四郡，趙範因與攻城的主將趙子龍同姓、同鄉又同年出生，二人一見如故。趙範有個守寡的嫂嫂樊氏，他當起媒人，積極想促成二人成婚，卻遭趙子龍反對。後來趙範派屬下襲擊，失敗投降，趙子龍奉命任桂陽太守，趙範狼狽地逃亡。小說寫他留任桂陽太守，與史實並不符。

語文學堂

- 劉度：東漢末年零陵（古郡名，位今湖南省南方）郡的太守，兵敗後向劉備投降。
- 不辱使命：不辜負別人的託負。使命：派人辦事的命令。比喻重大的任務。
- 大捷：大勝。捷：成功、勝利。

三國故事開麥拉

周瑜去柴桑養病，給了劉備擴大勢力的機會。劉備打算長期守住荊襄，謀士伊籍推荐荊襄長白眉毛的馬良。劉備一聽有賢才，趕緊以大禮請來馬良。

馬良認爲荊襄四面都是敵人，不適合長守，主張南征武陵、長沙、桂陽、零陵四郡，囤積糧草才是上上策。

劉備大力支持，派張飛、趙子龍、孔明率領一萬五千人馬攻打零陵。太守劉度和兒子劉賢抗拒，雙方數次過招，才開城門投降。

劉備軍氣勢如虹，計畫南攻桂陽。張飛和趙子龍爭著要出征，孔明讓二人拈鬮，趙子龍拈中，由他出兵，順利取下桂陽；張飛也率領三千人馬攻打武陵。

武陵將士鞏志殺死太守金陵，開城門投降。劉備南征後軍力更強大了。

你很愛跟我搶耶！
我作鬮，誰拿到寫「相親」的就出征。
南征和「相親」有什麼關係？
嘿嘿，天機不可洩漏！

穿越時空

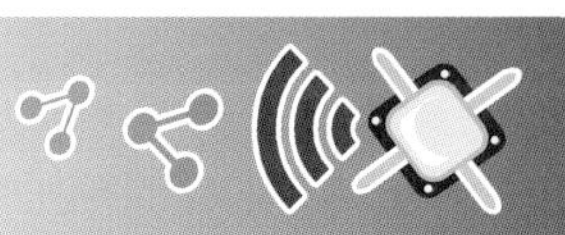

趙子龍南征，被逼婚！

當年帥氣的趙子龍領三千人馬攻取桂陽，想不到南征節外生枝，多了一場「逼婚」鬧劇，千年來成了三國迷津津樂道的話題。

桂陽太守趙範畏懼趙子龍勇猛無常，便開城門投降。二人都姓趙，又是眞定府人，便結爲兄弟，趙子龍爲兄，趙範爲弟。酒宴後，趙範找來守寡的嫂嫂樊氏，想促成她與趙子龍的婚事，卻被打臉。

趙子龍認爲已與趙範結拜爲兄弟，怎麼可以娶樊氏爲妻子。趙範卻表示會附贈嫁妝，還說嫂嫂想嫁的對象：一要文武雙全；二要長得英俊帥氣；三要姓趙。三年來僅趙子龍合乎條件。雙方爲「逼婚」一言不和，大打出手。

打戰打到變成「逼婚」，趙子龍恐怕是史上第一人。

Dear，奴家來了！
咦，有陌生女子，難不成是女鬼？

唉！嫂嫂那麼愛花錢，再嫁不出去，我實在養不起。

三國笑史

20 老將黃忠獲救

我軍已得到零陵、桂陽、武陵三郡。
剩下長沙郡，就勞煩關將軍去取。

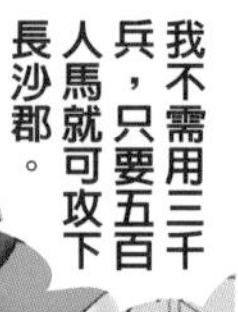

我不需用三千兵，只要五百人馬就可攻下長沙郡。

關羽到長沙郡，才知面對的是一個不容輕視的對手老將黃忠。
黃忠

二人火拚三日，交戰數百回合，不分上下。
鏘！
兩位名將在打鬥過程中，互相欣賞對方的武藝和人格，當真是英雄惜英雄，好漢疼好漢。

長沙太守韓玄，為人性急，動不動就殺人。
韓玄

他見黃忠對關羽處處手下留情，懷疑他有異心，命人擒住黃忠要將他處斬。
把黃忠這叛徒，拉出去砍了！

黃忠也不喊冤，束手被推出門外，準備受死。

危急時，有一名壯漢衝向前，一刀殺死行刑的刀斧手，救了黃忠，接著殺死韓玄，奪下長沙郡。

轉身
等很久了，俺，魏延出場了！
魏延

粉墨登場　老當益壯的黃忠

蜀漢五大虎將之一，擅長射箭。黃忠本來是劉表的部屬，劉表病死後，他駐守長沙，為太守韓玄的麾（ㄏㄨㄟ）下。赤壁大戰結束，關羽奉命攻打長沙，他投降成了劉備軍。黃忠打戰很勇猛，像拚命三郎，有一年他打敗曹軍大將夏侯淵，被封為「後將軍」，成了劉備眼中的紅人。

我與關羽、張飛、馬超、趙雲是威震四方的五虎將。

語文學堂

- 勞煩：敬辭，表示麻煩拜託他人。
- 異心：不忠實的念頭。
- 束手：捆住雙手。後常比喻無能為力。

三國故事開麥拉

劉備軍南征武陵後，氣勢如虹，派關羽率領兵馬攻取長沙。

長沙太守叫韓玄，個性火爆。他手下有個老將叫黃忠，已經六十歲了，卻依然很勇猛。孔明早耳聞這名老將很難纏，叮嚀關羽多帶些兵馬，千萬不能輕敵。

關羽不服氣，反駁道：「軍師何必長他人志氣，滅自己威風？」關羽表示僅帶五百名擅長使刀的士兵，就能斬下黃忠和韓玄的人頭。

關羽與黃忠纏鬥了好幾天，卻因惺惺相惜，交戰時故意放水，以致打不出勝負。韓玄起疑心，認為黃忠是內鬼，盛怒下想斬了黃忠。不料武將魏延衝入刑場，救走人，還一刀砍死韓玄，割下人頭，率兵投降。

穿越時空

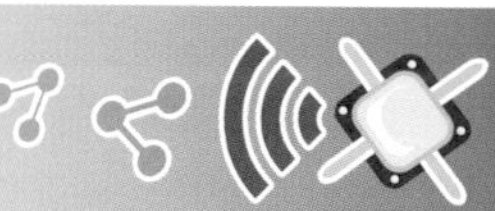

關羽戰黃忠，純屬虛構！

《三國演義》裡關羽與黃忠打得精彩，二人都是講正義的英雄。戰場上，黃忠騎了一匹很「機車」的馬，大概久不上戰場，不小心失蹄，害得黃忠摔下來。

依常理，這一摔是給敵人製造機會，自己鐵定沒命！還好，黃忠命大，遇上充滿正義感的關羽，他放了黃忠，要對方改天換匹好馬再戰。

饒富趣味的是，改天換黃忠騎著快馬追殺關羽，明明有百步穿楊神力的他，卻屢次落空，射了幾次才射中盔纓。一個不乘人之危，一個懂救命之恩，這場戰役千年後，仍被人們津津樂道。若他們有臉書，絕對被粉絲頻頻按讚。

其實，「關羽戰黃忠」純屬小說虛構，史上沒有這回事。羅貫中文筆如神助，將虛擬戰役寫得很逼眞很動人，難怪千年後的三國迷有增無減。

「孔明借箭」是《三國演義》裡令人拍案叫絕的劇情，這段爾虞我詐的爭鋒，更顯孔明臨危不亂的EQ、曹操自大輕敵的性格。請看下方圖，曹操下令部屬齊發萬箭，要致敵方於死地，卻不知上當了！畫面看起來好緊張，心都揪起來了，作者用「鋪天蓋地」來形容亂箭同時射出的氛圍，如果換成是你，會怎麼修改漫畫對白框裡的文字呢？

1. 夜空下，星光點點，曹軍射出的箭如驚人的冰雹，劈哩啪啦落在船上
2. 曹操觀戰，箭雨劃過夜空，又密又急，他不禁仰天大笑，天下是我的了
3. 江上箭雨紛飛，二十艘船成了箭靶，哀戚地在江面哭泣

（相關劇情見第1單元，上述答案僅供引導）

當黃蓋遇到周瑜，一個是忠心的老臣，一個是心懷大志的將軍，他們的共同敵人是梟雄曹操。二人突發奇想，攜手合演「苦肉計」，可憐被毒打的苦主是上了年紀的黃蓋，半條命快沒了！假使你是黃蓋，除了這種「討皮痛」的計策外，有沒有更優的策略？來！動動腦，幫黃蓋擬一份〈擊垮曹操企畫案〉。

（相關劇情見第2單元，沒有標準答案，請自行發揮創意）

擊垮曹操企畫案

傳說中的「鳳雛」龐統因長相「抱歉」，被孫權和劉備「冰凍」。當過「魯蛇」的他爲自己翻盤的手法很奇特，別人都是苦讀再苦讀、勤奮再勤奮，唯有他以打混來扭轉劣勢。假使龐統聘你當造型設計師，你要怎麼替他改造？左方是龐統的舊造型，看起來很沒朝氣，一臉「衰」樣。請拿起彩筆，重新賦予他新生命，鮮肉男、搖滾男、文青男、肌肉男……，由你發揮創意。

（有關龐統的故事見第4單元，依他的特色來改變造型，重新繪圖）

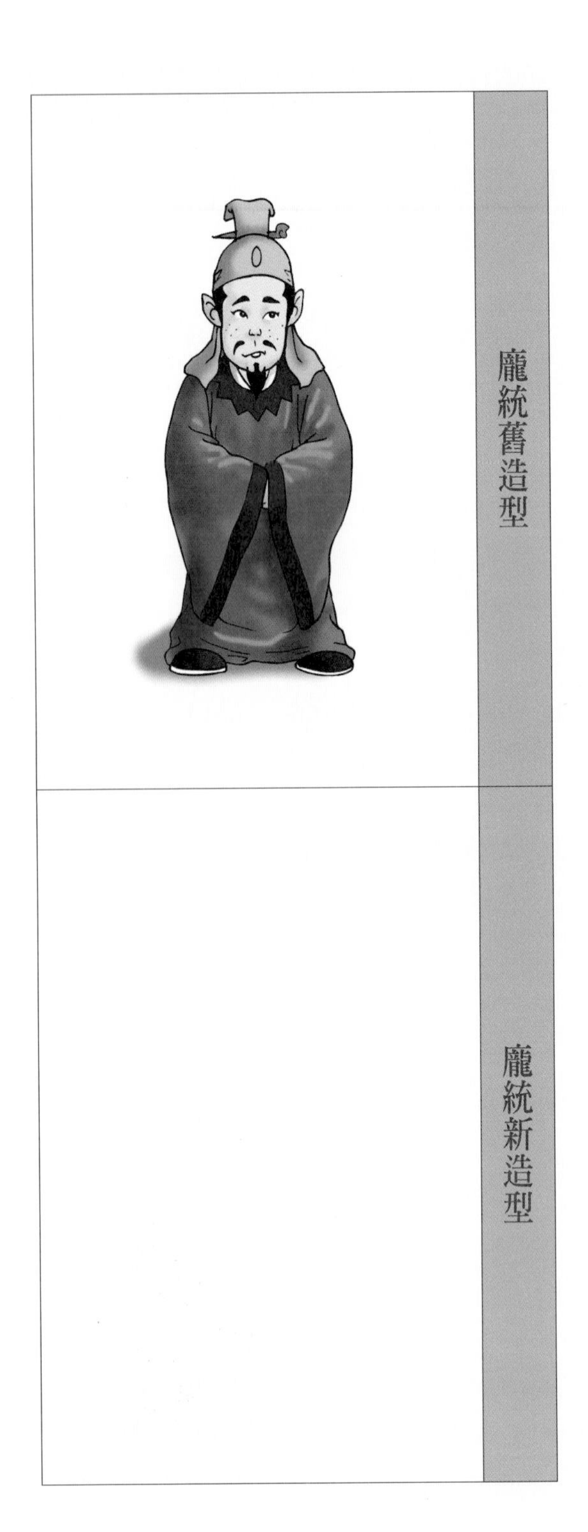

地球資源有限，大家都知道要「廢物利用」。看起來毫無用途的東西，因爲人們的巧思，大大地提升了價值。古代有二位太守堪稱是廢物利用達人，分別是東漢劉馥、東晉陶侃，前者活用魚脂肪和棕櫚葉；後者巧用丟棄的竹頭和木屑，千年來被人們津津樂道。現今有人利用咖啡渣製成發熱衣、洗髮精、護髮油，是垃圾變成黃金的實例。你也來發揮創意，想想看生活周遭有沒有什麼東西能再利用，爲它們找到生命的第二春，爲保護地球盡心力。

（劉馥、陶侃廢物利用的故事見第41頁，本題沒有標準答案，請自行發揮創意）

廢物利用達人PK賽

東漢末年群雄爭天下，打得贏的人攻，打不贏的人逃！「逃」，也有撇步，逃得有技巧能翻轉人生，像戰國時代養三千名食客的孟嘗君，逃走的故事千年來成了家喻戶曉的成語故事；四處投靠別人的劉備，逃來逃去下成了三國鼎立中的要角；借了東風後漂亮逃走的孔明；亂逃一通的人僅剩墓碑在風中哭泣，像富二代袁紹、袁術兄弟，逃到吐血而亡。你知道關於「逃」有哪些成語？試試看，玩玩左方的填字遊戲，看你懂不懂的**逃**！

(1) 臨（　）脫逃
(2) 落（　）而逃
(3) 東逃西（　）（　）
(4) 掛（　）而逃
(5) 東（　）西逃
(6) （　）裡逃生
(7) 畏（　）潛逃
(8) 聞（　）而逃
(9) 逃之（　）（　）
(10) 逃不出（　）（　）心

答案：(1)陣 (2)荒 (3)竄 (4)印 (5)躲 (6)死 (7)罪 (8)風 (9)夭夭 (10)手掌

6

孔明借東風被形容是「巧用天時」，成語雖僅僅四個字，卻精簡得相當高明。本題設計了「連連看」遊戲，左方是本書中各單元的內容，與三國演義的人物都息息相關，請判斷各自適用哪則成語來形容。

1. 孔明草船借箭
2. 黃蓋挨打
3. 特派員蔣幹過江
4. 龐統獻連環計
5. 曹操作〈短歌行〉
6. 周瑜吐血
7. 魯肅討荊州
8. 火燒連環船
9. 曹操敗走華容道
10. 曹操的眼淚

不出所料
詩興大發
虛情假意
心有不甘
無怨無悔
灰飛煙滅
滿載而歸
上了大當
空手而回
不安好心

（參考答案：1. 滿載而歸 2. 無怨無悔 3. 上了大當 4. 不安好心 5. 詩興大發
6. 心有不甘 7. 空手而回 8. 灰飛煙滅 9. 不出所料 10. 虛情假意）

「龐統獻連環計」、「火燒連環船」是《三國演義》裡高潮迭起的劇情，卻與史實不符。龐統並沒有參與赤壁之戰，更談不上獻連環計；雖然曹軍的船眞的被燒了，卻不是周瑜的戰功。下方的插圖是假想曹操寫了一封信給大老闆孫權，向他爆料員工周瑜一手遮天，虛報戰績。我們假設曹操鬧頭疼，下令你代筆爆料，你會如何寫呢？動動腦，要本著媒體報導新聞求眞求實的精神，不能造假唷！

（相關劇情見第12單元，這道題目沒有標準答案，請自行發揮創意）

孫權：

曹阿伯告訴你一個大秘密，那天因為船上有致命的傳染病，我才下令燒光所有的船，你們的「引火船」才十艘，像小朋友在玩遊戲。對了，慶功宴時，記得告訴周瑜，做人要誠實謙虛，不要搶功勞。

曹操

「阿瞞」是誰？你一定沒想到是梟雄曹操的小名。小名，也叫乳名，是長輩給小孩取的非正式名字。下方的插圖是模擬LINE畫面，假想孔明LINE給曹操，故意問他「阿瞞」是誰？想不到曹操卻神回，提醒孔明，你的老婆叫「阿醜」，也很爆笑。假使你和同學分別扮演孔明、曹操，你們會怎麼寫呢？

（相關劇情見第69頁，這道題目沒有標準答案）

曹操許願趣味版

《三國笑史》陪你晨讀10分鐘

漫畫家林明鋒老師趣畫三國、趣寫三國、趣講三國！

爆笑漫畫＋經典文學＋勁爆文明＋KUSO插圖＋搞笑對白

陪你穿越千年参與桃園三結義、討伐奸臣董卓、看戰神呂布轅門射戟有多神、欣賞關羽過五關斬六將的神勇戰績，以及見識古代女子時尚風、男子變裝秀、看貂蟬PK西施誰大勝、票選古代花美男和戰神、一睹古人吃河豚竟然服糞清解毒、梟雄曹操也擔綱演出愛情偶像劇、古人吃火鍋偏愛哪種口味、皇帝怎麼過除夕等等，保證過癮！

學習主旨

從「笑史」看「三國」，學習詞彙，了解典故，厚實閱讀能力。

三國笑史 1　賣鞋郎劉備出運了
三國笑史 2　關東主袁紹大進擊
三國笑史 3　戰神呂布大暴走
三國笑史 4　英雄關羽熱血戰紀
三國笑史 5　神算孔明揚名天下
三國笑史 6　瀟灑哥周瑜風雲鬥
三國笑史 7　梟雄曹操大爭霸
三國笑史 8　東吳強人孫權爭天下　即將出版

國家圖書館出版品預行編目（CIP）資料

三國笑史 7,梟雄曹操大爭霸！ / 林明鋒編繪.
－－初版. －－臺北市：五南，2016.02
面；公分 －－（悅讀中文；80）
ISBN 978-957-11-8440-1（平裝）
1.三國演義 2.漫畫
857.4523 104026497

三國笑史⑦ 梟雄曹操大爭霸！

編繪 林明鋒（117.5）
發行人 楊榮川
總編輯 王翠華
策畫主編 黃文瓊
封面設計 陳翰陞

出版者 五南圖書出版股份有限公司
發行人 楊榮川
地址：台北市大安區106和平東路二段三三九號四樓
電話：（〇二）二七〇五－五〇六六
傳真：（〇二）二七〇六－六一〇〇
劃撥帳號：〇一〇六八九五三
網址：http//www.wunan.com.tw
電子郵件：wunan@wunan.com.tw

法律顧問 林勝安律師事務所 林勝安律師

出版日期 一〇五年二月初版一刷

定價 二八〇元

凝煉知識品味閱讀

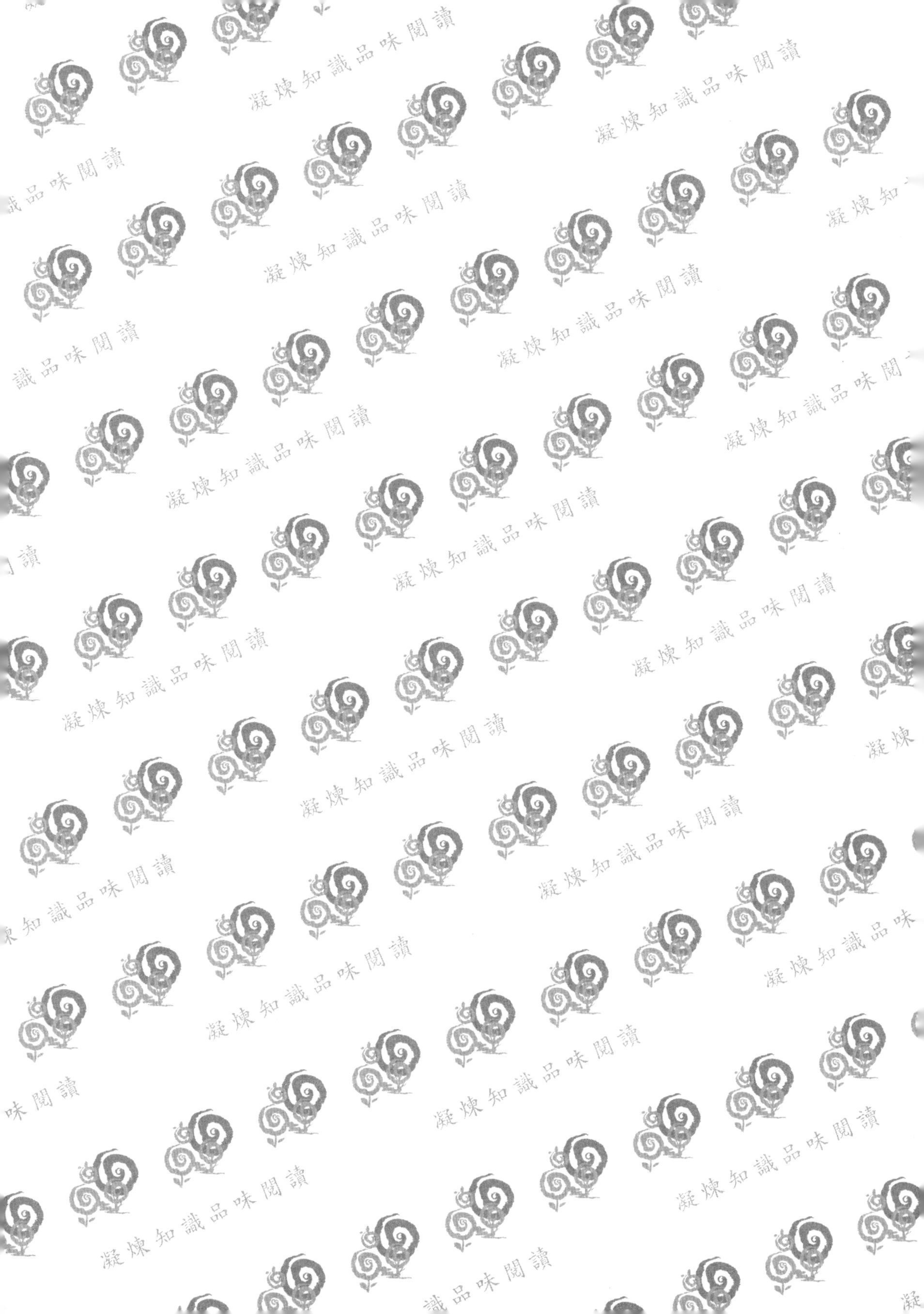